ハヤカワ文庫 SF
〈SF2404〉

デューン 砂漠の救世主
〔新訳版〕
〔上〕

フランク・ハーバート
酒井昭伸訳

早川書房
8930

DUNE MESSIAH
by
Frank Herbert

Translated by
Akinobu Sakai
Published 2023 in Japan by
HAYAKAWA PUBLISHING, INC.
This book is published in Japan by
arrangement with
HERBERT PROPERTIES LLC
c/o TRIDENT MEDIA GROUP, LLC
through THE ENGLISH AGENCY (JAPAN) LTD.

デューン　砂漠の救世主〔新訳版〕

〔上〕

登場人物

ポール・アトレイデス……………ムアッディブ。皇帝
イルーラン…………………………ポールの正妃
チェイニー…………………………ポールの愛妃
アリア………………………………ポールの妹
ヘイト………………………………偶人《ゴウラ》
スキュタレー………………………ベネ・トレイラクスの踊面術士《フェイスダンサー》
エドリック…………………………航宙ギルドの操舵士
ガイウス・ヘレネ・モヒアム……ベネ・ゲセリットの老教母
スティルガー………………………宰相。チェイニーの伯父
コルバ………………………………聖職者《クィザーラ》。讃辞起草者
ファロク……………………………老フレメン

序　文（内容に触れています）

ブライアン・ハーバート

『デューン　砂漠の救世主』（以降『救世主』）は、父フランク・ハーバートがものした諸作のなかで、もっとも誤解されている作品である。その理由は、高名な作者本人と同じくらい魅力的で複雑だ。

『デューン　砂の惑星』（以降『砂の惑星』）の続篇である本書の刊行は一九六九年十月。それに先駆け、同年六月から刊行のまぎわまで、SF雑誌ギャラクシーに五回にわたって掲載されている。しかし『救世主』は、揶揄《やゆ》の色が強かったナショナル・ランプーン誌で〝今年最大の失望作〟と酷評された。じつは、かつて『砂の惑星』を掲載したアナログ誌からも、当時と同じジョン・W・キャンベル編集長の意向によって掲載を断わられている。ランプーンの編集者らと同様、キャンベルが気に入っていたのも、『砂の惑星』の壮大な側面や英雄物語の側面であり、続篇にあふれるそれとは真逆の要素をきらったのだろう。キャンベルいわく、〝うちの雑誌の読者が求めているのは、偉業を達成する英雄の物語であって、予期せぬ欠陥をかかえた英雄の物語じゃないんだよ〟。

こうした批判者たちは、『救世主』が橋渡し的な作品であることを――『砂の惑星』とその時点では未完だった第三作とを結ぶ作品であることを理解していなかった。三部作の第三作へといたるためには、ポール・ムアッディブについて詳細に形作られた英雄神話をくつがえし、『砂の惑星』で燦然《さんぜん》と輝いて見えた救世主現象の暗黒面をさらけだす必要があったのである。だが、『救世主』で見せられた現実をよしとしなかった読者は多かった。敬愛してやまないカリスマ性あふれる英雄の変質は、耐えがたいものだったにちがいない。それでなくとも、作者はすでに第一作で、同書でもとくに人気の高かったキャラクターのうちのふたり、アトレイデス家に忠誠を尽くす剣術指南役のダンカン・アイダホと、理想主義的な惑星生態学者、リエト＝カインズを死なせてしまっていたから、ますます読者の不興を買ったのだと思われる。

だが、失望した読者たちは、フランク・ハーバートが第一作に残したいくつもの重要な手がかりを見落としていた。『砂の惑星』の中で、死にゆくリエト＝カインズは、砂漠に横たわっているあいだに、何年も前、父パードットにいわれたことばを思いだす。記憶の奥底に埋もれさせていたそのことばとは――。

〝おまえの民に降りかかりうる災厄のなかでは、民が英雄の手に落ちることほど悲惨なものはない〟

また、『砂の惑星』で終盤近くにある章の冒頭、暗示的な引用において、プリンセス・イルーランは勝利を迎えたムアッディブのことを、多面的表現で、そしてときに相反する表現をも用いて、こう形容している。

〝ムアッディブは戦士にして神秘主義者であり、悪鬼にして聖者であり、狡猾《こうかつ》にして純粋であり、情け深いと同時に無慈悲であって、神には至らずとも、人を超える存在であった〟

さらに、『砂の惑星』の附録で、フランク・ハーバートはこう記している。

〝やがてこの惑星に英雄が現われ、その存在に感化されはじめる〟

注　フランク・ハーバートは、けっして読者の声に耳を貸さない作家ではなかった。『救世主』では、オリジナルとは別の形で、第一作で人気の高かった人物を再登場させている。〝偶人《ゴウラ》〟のヘイトである。ただし、設定上、この人物はオリジナルの記憶を持っていないことになっていた。

『砂の惑星』の各所にちりばめられたこれらの記述こそ、フランク・ハーバートが心中に期していた方向性——ユートピア的文明から暴力的ディストピアへの転換をうかがわせる道しるべにほかならない。事実、シリーズ第二作のタイトルが二転三転して『デューン砂漠の救世主』に落ちつく前の仮題は、『偽りの聖者《フール・セイント》』だったのである。ぶじ刊行なった本書のエピローグで、作者はムアッディブのことをこう記している。

〝彼は偽りの聖者、
黄金の異客《まれびと》として
道理の縁《ふち》で永遠に生く。
気をぬけば彼はそこにいる！〟

英雄的な指導者というものはしばしば過ちを犯し……その過ちは指導者のカリスマ性に呪縛《じゅばく》されたおおぜいの信奉者によって増幅される——と、作者はそのように感じていた。父は一九五〇年代にワシントンＤ．Ｃ．で政治家の草稿書きを務め、指導者につきものの権力欲と、人を惹きつける魅力に富んだ政治家たちに盲従することの落とし穴をさんざん見てきた人物である。そんな父は、またひとつの興味深い種子として、このような一文を『砂の惑星』に埋めこんでいる。

〝砂漠ではこういわれている――たっぷりの水を持つ者は、致命的な不注意を犯しかねぬ、とな〟

これはギリシア悲劇的な応報をうかがわせる重要な言及だ。しかし、ほとんどの読者は理解していないことだが、ポール・アトレイデスの物語は個人や家族レベルでのギリシア悲劇にとどまらない。その上にはずっと大規模な物語層があり、フランク・ハーバートはその層において、社会全体が英雄によって破滅に導かれうることに警鐘を鳴らしている。ギリシア悲劇でたびたび描かれたように、過度な自尊の表われである思いあがりと過信は、例外なく大いなる破局を招く。『砂の惑星』と『救世主』の両作において、作者はそれを警戒せよと警告したのだ。

人類史における危険な指導者の例として、父はしばしば、そのカリスマ的な性質から、ジョージ・S・パットン将軍の名をあげていたが――もっと頻繁に口の端《は》にあげたのは、ジョン・F・ケネディ大統領だった。ケネディについては、賢王的雰囲気と理想の時代《キャメロット》の伝説、この両方が定説としてできあがっている。ハンサムな若き大統領を信奉する者らは、そのふるまいに疑念をいだくこともなく、ケネディが導くところへ、文字どおり、どこへでもついていっただろう。こうした盲信にともなう危険は、アドルフ・ヒトラーのように、その強烈な魅力で自分の国家を破滅に導くタイプの指導者では一目瞭然となるが、狂気も邪悪さも持たぬ指導者の場合には、その手の危険は不明瞭のままだ。そして、そういった指導者の代表例こそがケネディであり、架空の人物、ポール・ムアッディブなのである。後者の場合、その危険は、当人のまわりに築かれた神話と、彼の名のもとに信奉者たちが行なう行為にある。

　父が作品の中に組みこんだひときわ重要なメッセージのひとつは、〝政府というものはみずからを護るためにうそをつき、信じがたいほどに愚かな決断をする〟というものだ。『砂の惑星』が刊行されて七年ののち、それはリチャード・M・ニクソンがみごとに証明してみせた。父いわく、ニクソンはウォーターゲート事件での悪行を糊塗《こと》しようと試み、結果的にアメリカ国民に対して多大な貢献をなしとげた。この極端な事例により、合衆国第三十七代大統領ニクソンは意図せずして、指導者を疑うべきことを民衆に教えたのだ。数々のインタビューのなかで、そしてアメリカじゅうの大学をめぐる熱のこもった講演のなかで、フランク・ハーバートは若人に対し、政府を安易に信用してはならないと警告し、アメリカ建国の父祖たちはそのことを理解していた、だからこそ憲法中にセーフガードを組みこもうとしたのだ、と説いた。

『砂の惑星』から『救世主』へと書き継ぐにあたって、父はある種の詐術を働いている。前作で強調したのは、ポール・ムアッディブの英雄的な行為だ。続篇でもそれは同じだが、いっぽうで、とてつもなく大きな背景の変更と、それにともなう危険を盛りこんでいる。その変更と危険には、ポールという指導者を取りまく人々の策謀も含まれる。一部の者はポールの側近の座を得るべく争い、その過程において、可能なかぎり大きな権力の掌握に走る。なかにはその権力を濫用《らんよう》して悲惨な結果を招く者も出てくる。

〈デューン〉シリーズが圧倒的な人気を博したのち、多くのファンは、作者が求めもせず、歓迎もしない観点からフランク・ハーバートを持ちあげるようになった。〝サイエンス・フィクションの導師《グル》〟などと評する者もいれば、英雄に対するがごとき調子で誉め讃える向きも現われた。フランク・ハーバートはそうした評価を打ち消すべく、みずからポール・アトレイデスに付与した性格を想起させる態度をとって、インタビュアーたちに対し、自分を英雄とは思われたくないと答えており、ときに聞く者の顔をほころばせる謙虚さをともなって、こうも答えている。「わたしはね、凡庸な人間なんだよ」

じっさいには、およそ凡庸などではない。フランク・ハーバートのことをつづった伝記『〈デューン〉を夢見た者』*Dreamer of Dune* において、わたしは父を伝説的な作家として描いた。だが、平生の父は大作家たらんとすることを意識して避けていた。まるで自分の耳にささやきかけるように、フランク・ハーバートは絶えず自身に対し、自分がふつうの人間であると言い聞かせていた。もし政治の道に進んでいたら、父はまぎれもなく清廉な政治家になっていただろう。もしかすると、合衆国で飛びぬけて偉大な大統領のひとりにさえなっていたかもしれない。じっさいの話、それだけの地位を獲得することはもとより、その他のどんなに高くそびえたつ目標を達成してもおかしくはない人物だった。しかし、サイエンス・フィクションの一ファンとしては、父がSF作家の道を選んでくれたことを心からうれしく思う。大作家となったがゆえに、父の警鐘に満ちたことばは世代を超えて受け継がれていくはずだ。願わくは、そのことばが意思決定者の立場にある人々に影響をおよぼし、指導者とその取り巻きによる権力の濫用を防ぐための、セーフガードの確立に努めさせてくれんことを。

『救世主』を読むさいには、どうぞその冒険物語を、サスペンスを、驚異的な人物描写を、エキゾチックな設定を堪能していただきたい。そして、いちど読みおえたあと、ふたたび読み返してみてほしい。ページをめくるたびに、なにかしら新しい発見があることだろう。そして、人間フランク・ハーバートのことがいっそうよくわかるはずである。

ブライアン・ハーバート

ワシントン州シアトルにて

二〇〇七年十月十六日

死刑囚房における、イクスのブロンソとの会見より、抜粋

Q　ムアッディブの歴史に対し、なぜあなたはああも独特のアプローチをとったのか？

A　なぜあんたの質問に答えねばならんのだね？

Q　あなたのことばを保存するために必要だからだ。

A　ははん！　歴史家に対しては最高の持ちかけ方だな！

Q　では、協力してもらえるな？

A　ま、よかろう。しかし、なにに駆りたてられて『歴史の分析』を執筆したのかなど、あんたらには理解できまい。絶対にな。あんたら司祭には失うと困るものが多すぎる。

Q　とりあえず、試してみるがいい。

A　試す？　あんた自身をかね？　それについても……ま、よかろう。わたしはな、気になったんだよ、この惑星に対する通念の浅薄さがな。それはこの惑星の大向こう受けする通称、〈砂の惑星《デューン》〉に由来する。アラキスではないぞ、いいか、〈デューン〉だ。

〈デューン〉といえばまず砂漠と、フレメンなる民族の故郷という要素がつきまとう。その歴史はもっぱら、水の稀少性がもたらした習俗、それとフレメンが保水スーツを――全身から発散する水分の大半を回収できる服を――着用して、半遊牧民暮らしを送っていたことにばかり集中している。

Q　そういった習俗や暮らしが事実ではなかったとでも？

A　事実ではあるさ、上っ面《つら》のな。とはいえ、上っ面だけ見ていては、その下に埋もれた本質を見落としてしまう。たとえば……わが生まれ惑星《こきょう》イクス《Ix》を理解しようとするにあたって、その名がわれわれの太陽をめぐる〝九《IX》番めの惑星〟に由来すると知らねば、本質的なことはわからん。それではいかんのだ……足りないのだよ。〈デューン〉を激烈な砂嵐の荒れ狂う場所と見るだけではとても理解しきれない。あの巨大な砂蟲《サンドワーム》どもがもたらす脅威を語るだけでは不充分なんだ。

Q　しかし、そういったものはアラキス固有の特徴だろうに！

A　アラキス固有の？　もちろんさ。だが、砂嵐や砂蟲《サンドワーム》だけで惑星観を決めつけるのは、ここがかの香料《スパイス》メランジを産する唯一無二の産地であるからといって、単一産品型の惑星であると決めつけるのと変わるまい？

Q　そこだ。聖なる香料《スパイス》についてもあなたの考えをききたい。

A　聖なるときたか！　聖なるものとやらはなんでもそうだが、香料《スパイス》もまた、その恵みと引き替えに大事なものを奪ってしまう。常用者に長命と未来視の力を与えるいっぽう、深刻な中毒症状を招き、目に独特の変化をもたらす。あんたのように白目が消えて、全体に青くなってしまうのさ。目というう視覚器官からコントラストが消えて、残るはのっぺりとした単一色の目ばかりなり。その目に映るのは単一のものの見方だ。

Q　そのような異端を口にするから、あなたはこうして死刑囚房に収容されたのだぞ！

A　わたしを収容したのは、あんたたち司祭さまだろうが。司祭というのは、例外なく、まだ若いうちから真実を異端と呼ぶことを学ぶやからだ。

Q　あなたが収監されたのは、〝ポール・アトレイデスがムアッディブになるよりも前に人間性の重要な部分を失った〟などと冒瀆《ぼうとく》的な発言をしたからではないか。

A　失ったのは父上もだろう？　ハルコンネン戦争のまっただなかに。それと、ダンカン・アイダホもな。ポールとレディ・ジェシカを逃がすために、みずからを犠牲にして死んだんだったか。

Q　あなたに冷笑癖があるという定評は、たしかに当たっているようだ。

A　冷笑癖！　たしかにそれは、異端よりもずっとたちの悪い罪ではあるわな。しかし、いいか、わたしはすこしも冷笑的ではない。わたしは観察者であり、解説者にすぎん。

ポールが懐妊中の母親を連れて砂漠に逃げた行為には、まぎれもない気高さがあった。彼女はたしかにかけがえのない存在ではあったが、同時に重荷でもあったわけだから。あなたがた歴史家の欠点は、ひとこと多い点に尽きる。聖者ムアッディブの行ないに気高さを見いだしながら、冷笑的な評価を下さずにいられない。ベネ・ゲセリットがあなたを糾弾するのもむりはないな。

Q あんたら司祭は、ベネ・ゲセリット修女会《シスターフッド》と仲良し小好しでやっていくのがお上手でけっこう。連中は連中で、自分たちの所業をうまく糊塗して生き延びている。しかし、いくら連中でも、レディ・ジェシカがベネ・ゲセリットの修行を積んだ師範であった事実は隠せなかった。その師範さまがだ、修女会の流儀を用いて息子に修行を施していたことは知ってるな? わたしの罪とされるのは、それを事実として論じたことだ。ベネ・ゲセリットの精神操作術と血統改良計画とを詳解したことだ。ムアッディブが修女会の求めてきた救世主となる希望の星であったこと、ムアッディブがあんたらの預言者になる前から〈クウィサッツ・ハデラック〉になっていたという事実、そこに光をあてられては、たしかにかなわんだろうて。

A

Q わたしがあなたの死刑宣告に疑念を持っていたとしても、いまの長広舌でその疑念は完全に払拭《ふっしょく》されたぞ。

A　ま、死ぬのは一度きりさ。

Q　死ぬのは何度となく死ぬような目に遭ってからだ。

A　いいのか？　そんなことをしたら、わたしが殉教者として祭りあげられかねんぞ？

Q　よもやムアッディブは……。ああ、ひとつききたい。ムアッディブは、この地下牢であんたたちがやっていることを知っているのか？

A　聖者さまご一族の御心《みこころ》を瑣事《さじ》で患わせるようなまねはしないとも。

Q　（笑い声）。こんな状況のために、ポール・アトレイデスは必死になってフレメンの中に居場所を築いたのか！　こんな体制のために砂蟲《サンドワーム》を御す方法を学んだのか！

A　あんたの質問に答えたのがまちがいだったよ。

Q　だが、最初の約束はまもる。あなたのことばはかならず保存しよう。

A　ほんとうだな？　では、とくと聴け。あんたらフレメンは堕落した。あんたら司祭は自分以外に神を持たん！　負うべき責任は重いぞ。ポールに初めて大量のメランジを摂取させ、予知の幻視を見させたのはフレメンの儀式だ。レディ・ジェシカに大量のメランジを摂取させ、胎内にいたアリアを覚醒させたのもフレメンの儀式だ。完全な認識力を備え、母親の記憶と知識をすべて持って生まれる――それがアリアにどんな意味を持つのか考えたことがあるのか。レイプでさえもこれほどおぞましくはないぞ。

Q　聖なるメランジなくして、ムアッディブが全フレメンの指導者となることはなかった。聖なる胎内経験なくして、アリアがアリアになることはなかった。

A　フレメン特有の無自覚な残酷さなくして、あんたが司祭になることもなかったろうよ。おっと待て、あんたらフレメンのことはよく知ってるんだ。あんたはムアッディブが自分たちのものと思っている。なぜなら彼がチェイニーと結ばれたからだ。なぜなら彼がフレメンの習俗を受け入れたからだ。だが、彼はまず第一にアトレイデスであり、ベネ・ゲセリットの師範から修行を施された人物でもある。彼に染みついた規律は、あんたらにとってはまったく未知のものだ。あんたらは彼がフレメンに新しい組織と新しい務めを持ちこんだと思ったろう。事実、ムアッディブはあんたらの砂の惑星を水の豊かな楽園に新生させると約束した。そして、そんな未来の幻視で目くらましをしながら、フレメンの純粋さを奪ってしまったんだ！

Q　そんな異端を口にしようとも、デューン生態環境転換計画がすみやかに進行している事実は変えられないぞ。

A　だからこそ、その転換とやらをもたらした原因をつきとめ、その結果を検証する——そんな異端を実行したんじゃないか、わたしは。アラキーン宇宙港前の砂原《すなばら》における戦いが宇宙に知らしめたのは、フレメンが帝国の親衛兵《サーダカー》を圧倒したという事実だった。

Q　ほかに意義などあったか？　コリノ家の星間帝国がムアッディブの統《す》べるフレメンの帝国になって、帝国はどうなった？　なにが変わった？　あんたらの聖戦《ジハード》はたったの十二年でどれほどの教訓を与えた？　いまや〈帝国〉は、ムアッディブがプリンセス・イルーランを正妃に迎えたのが、体裁作りのペテンだったと知っているんだぞ！

A　よくもムアッディブをペテン師呼ばわりできたものだな！　その咎《とが》でわたしを殺す気か？　しかし、いまの見解は異端ではないぞ。プリンセスは法律上は正規の配偶者ながら、真の連れあいになったわけじゃない。真の連れあいはチェイニー——あんたらフレメンの小柄で愛らしい女性だ。彼女こそ真の連れあいにほかならない。それはだれだって知っている。イルーランは帝座を手に入れるための手段であって、それ以上のものではなかったんだよ。

Q　ムアッディブに叛意をいだくやからがなぜあなたの『歴史の分析』を論拠に出すのか、じつによくわかる発言だな！

A　あんたに道理を説く気はないさ。説いても通じんことはわかっているからな。しかし、叛意はわたしの『分析』よりも前から芽生えていた。その叛意を芽生えさせたものは十二年におよぶムアッディブの聖戦《ジハード》にほかならない。それこそは、さまざまな旧勢力同士に手を組ませ、ムアッディブへの叛心に火をつけたものだったんだ。

演算能力者《メンタート》でもあったポール・ムアッディブ帝、およびその妹アリアは、はなはだ多くの神話群に包まれており、そのヴェールを通して実像を知ることは難しい。とはいえ、元を正せば、兄はポール・アトレイデスとして生まれた一個の男性でしかなく、妹はアリアとして生まれた一個の女性でしかない。当然、ふたりの肉体は時空を超越できない。たとえ神がかった力により、時空の埒外《らちがい》に身を置けたにせよ、結局は人間という種《しゅ》の出身でしかないのである。ふたりが経験する現実でのできごとは、現実の宇宙に現実の足跡を残す。ふたりを理解するためにはまず、両者の身に起こった破局がすべての人類を滅ぼしうる破局であることを理解せねばならない。

それゆえ、本書を捧げる対象は、ムアッディブでもその妹でもなく、その裔《すえ》たち——われわれ全員である。

——『ムアッディブ用語索引《コンコーダンス》』の献辞より
（〈救世主《マフディー》の魂教団〉のタブラ追悼館にて写す）

ムアッディブが皇帝の座にあった期間は、人類史のどの時代にも増して多くの歴史家を輩出せしめた。ほとんどの者は、妬《ねた》みと偏狭さに満ちた特定の視点からこの時代を論じているが、この事実は、ムアッディブなる人物が多数の多様な惑星において激情をかきたて、結果的にもたらした独特の衝撃がいかなる性質のものであったのかを如実に物語っている。

当然ながら、彼は歴史を形作るさまざまな要素を、理想的なものも理想化されたものも含め、ともに多数内包していた。長い歴史を持つ大領家《だいりょうけ》一族に、ポール・アトレイデスとして生を受けたこの人物は、ベネ・ゲセリットの一員であった母、レディ・ジェシカから徹底した筋肉組織と神経の鍛練《ビンドゥー＝プラーナ》を受け、それらを超人的なレベルで制御することができた。しかし、それ以上に、彼は演算能力者《メンタート》であり、古代人の用いた電算機の——宗教的理由でいまは使用を禁じられている機械の——演算能力を凌駕《りょうが》する知力の持ち主でもあった。

なかんずく重要なのは、ムアッディブが〈クウィサッツ・ハデラック〉という存在——

ベネ・ゲセリット修女会《シスターフッド》が練りあげた人類血統改良計画のもと、数千世代にわたって生みだそうと試みてきた存在だったことである。

この〈クウィサッツ・ハデラック〉、すなわち〝あまたの場所に同時に〟存在できる者――この預言者――ベネ・ゲセリットが人類の運命を司《つかさど》ってくれると期待した男性は、なんとムアッディブ帝として帝位につき、自分が打ち破った帝《パーディシャー》王皇帝の娘のひとりと政略結婚するにいたる。

ここに見られるパラドックスを、そしてこの展開が内包する失策を考えてみてほしい。すでに読者は他の歴史書に目を通し、表面的な事実を知っているだろう。ムアッディブの精強なフレメン部隊は、たしかに帝《パーディシャー》王皇帝シャッダム四世を圧倒した。サーダカーの複数軍団、大領家連合軍、ハルコンネン軍、領主会議《ラーンスロード》の票決に基づく拠出資金で傭われた傭兵部隊を打ち破った。さらにムアッディブは航宙ギルドも屈伏させ、自身の妹アリアを修女会の皇母の地位につけさせている。ベネ・ゲセリットが自分たちのものと思っている地位にである。

それだけにはとどまらない。

ムアッディブの聖職省《クィザーリット》が既知の宇宙に送りだした各教導団は、広範囲に聖戦《ジハード》を敢行した。その勢いは十二標準年しか続かなかったものの、その十二年のあいだに、人類宇宙はごく一部を除いて強制的な改宗活動に席巻され、ただひとつのルールを強要された。

ムアッディブがこうした挙に出た背景には、アラキス――しばしば〈デューン〉として知られる惑星を掌握したことにより、帝国でも屈指の財貨を独占できたことがあげられる。その財貨とは抗老化作用を持つ香料《スパイス》メランジ――人に長命をもたらす毒物にほかならない。

この香料《スパイス》こそは理想的な歴史の新たなる構成要素であった。超感覚能力をもたらすその化学成分は摂取者に〈時〉を超越させる。メランジがなかりせば、修女会の教母たちには、高度な観察力である〈観法〉や、他の人間を意のままに操る〈操り声《からく》〉を駆使することができなかっただろう。メランジがなかりせば、航宙ギルドの操舵士には、宇宙空間で船を誘導することができなかっただろう。メランジがなかりせば、何十億、何百億という帝国市民は、他の習慣性の強い薬物への依存から脱却するさい、禁断症状で死んでいただろう。そして、やはりメランジがなかりせば、ポール・ムアッディブもまた、未来を予知することができなかったはずである。

われわれはこの圧倒的力の発現に欠陥があったことを知っている。その欠陥とはなにか。答えはひとつしかありえない。〝完璧に正確で無謬《むびゅう》の予知は致命的である〟ということだ。

他の史論は、ムアッディブが明白な陰謀者たちに――航宙ギルドや修女会、そしてベネ・トレイラクスの科学的無道徳主義者とその踊面術士《フェイスダンサー》らの変貌能力に――敗れたとする。

また別の史論は、ムアッディブの宮廷内にスパイたちが潜りこんでいたことを指摘する。その間諜たちが〈デューン・タロット〉を駆使してムアッディブの予知能力を曇らせたというのである。また別の史論は、ムアッディブがある偶人《ゴウラ》を受け入れ、身辺に仕えさせた経緯と事情に着目する。死から蘇り、偶人《ゴウラ》として肉体を得たその存在は、ムアッディブを暗殺する訓練を受けて送りこまれてきた者だった。もちろん、歴史家たちは、その偶人《ゴウラ》がダンカン・アイダホ——みずからを犠牲にして若きポールの命を救ったアトレイデス家の剣術指南役であったことも知っているにちがいない。

しかしながら、歴史家たちが別して強調するのは、讃辞起草者のコルバ率いる聖職省《クィザーリット》の暗躍である。ムアッディブを殉教せしめ、フレメンの愛嬪《あいひん》チェイニーをその犯人に仕立てあげんとするコルバの計画を、歴史家たちは克明に暴いている。

以上の要素は、歴史の研究で明るみに出た多様な事実を説明しえているであろうか。否、断じて否だ。未来予知という力、遠い先々のことを見通す圧倒的な力が孕む欠陥は、その力が持つ致命的性質を通してしか理解できない。

願わくは、他の歴史家たちが、本書での暴露からなにかを学んでくれんことを。

——イクスのブロンソ著

『歴史の分析——ムアッディブ』より

神々と人々を隔てる明確な境界など存在しない。両者はごくなだらかに混じり合い、一体となっている。

——ムアッディブのことば

これから練る謀略の凶悪な性質にもかかわらず、本拠地から使節として派遣されてきたトレイラクス会士、踊面術士《フェイスダンサー》であるスキュタレーの思いは、ことあるごとに悔悟混じりの哀れみに戻っていった。

（ムアッディブに死と恥辱をもたらせば、きっと後悔することになるだろうな……）

そんな思いを用心深く押し隠す。この場に集まった共謀者たちにこの思いを知られてはまずい。この手の感情をいだくということは、襲う側より襲われる側に感情移入しやすい性質を意味するのだから。これはトレイラクス会士に特有の〈共感応〉によるものだ。

スキュタレーはほかの共謀者たちから心の距離を置き、沈黙したまま うっそりと佇んでいた。精神毒に関する議論は、さきほどから連綿とつづいている。物腰こそ丁重なものの、論争者たちが断固として相手の見解を撥《は》ねつける姿勢、苛烈にして容赦を知らぬ論法は、大規模養成機関《グレート・スクール》を擁する各組織の代表が、それぞれの定理《ドグマ》と密接に関わる内容を議論するさい、かならずついてまわる光景だ。

「しとめたりと思うもつかのま、当の相手はぴんぴんしておることじゃろうて！」

そう断言したのは、ベネ・ゲセリットの老教母、ガイウス・ヘレネ・モヒアムだった。

この秘密会合の主催者として、ここワラック第九惑星《IX》に一同を招請したのは、ほかならぬこの老女である。黒い寛衣《アバー》ローブに骨と皮ばかりの老体を包む、典型的な魔女姿の老婆は、スキュタレーの左に位置しており、浮揚椅子にすわっている。アバーのフードをうしろに落としているため、いまは総白髪と、その下の皮革を思わせる顔があらわになっていた。髑髏《どくろ》に生皮を張りつけたような顔の、深く窪んだ眼窩《がんか》の奥から一同を見すえるのは、陰になった一対の目だ。

密談者たちが用いているのはミラバサ語だった。これは高密度の集積子音と多重母音を組みあわせた言語で、微妙な感情の機微を伝える目的に適している。教母と議論している相手は、航宙ギルドからの使節、エドリック操舵士だ。冷笑を忍ばせた慇懃《いんぎん》無礼な口調は、丁重に侮蔑を伝える話法の優美な見本といえる。

スキュタレーはギルドの代表をじっくりと眺めた。エドリックは数歩離れた位置にある透明の重力中和タンク内に収まり、封入されたオレンジ色の気体の中で〝泳いで〟いる。直方体のタンクが設置してあるのは、ベネ・ゲセリットの老教母がこの秘密会合のために建造させた透明ドームの床の、ちょうど真ん中部分だ。ギルドマンはひょろりと細身で、どうにかヒューマノイドといえる姿形をしており、足には鰭《ひれ》を、大きく広がった両手には水かきを具《そな》えていた。この姿なら異界の海に棲む魚といっても通用するだろう。タンクの排気口から排出される淡いオレンジ色の雲は、抗老化性香料《スパイス》メランジの臭気を放っている。

「このままことを進めれば、わたくしたちは破滅しますよ——愚かさゆえに！」

そういったのは、ここに集《つど》う四人めの密談者——この陰謀に加担するかもしれない人物、プリンセス・イルーラン——ここに集う者に共通する敵の正妃だった（ただし、愛妃ではないがな、とスキュタレーは心中でつぶやいた）。エドリックが収まる重力中和タンクは直方体の形状に造られている。その一角のそばに立ったプリンセスは、すらりと背の高いブロンドの美女で、クジラの毛皮を仕立てた青いローブを身につけていた。同系色の青い帽子をかぶった姿は息を呑むほどに美しい。左右の耳たぶに輝くのは黄金の丸い耳飾りだ。貴族特有の尊大な雰囲気をまとってはいるものの、ほんのわずかな動揺も見せない表情のなにかは、自身を強く律するベネ・ゲセリットの修行を積んでいることをうかがわせた。

スキュタレーの関心は言語と表情の機微を離れ、この立地がほのめかす機微へと移った。

この透明ドームの周囲に重畳《ちょうじょう》する丘には融けかけた雪がまだら状に残っており、それが皮膚病のような様相を呈している。ゆるみかけた雪がきらきらと青く輝いて見えるのは、天頂にかかった小さな青白色の太陽の、青みを帯びた陽光を反射しているためだ。

スキュタレーはいぶかしんだ。

（はて、なぜことさらに、こんな立地を選んだ？）

ベネ・ゲセリットの老教母がすることなすことの裏には、例外なく、なんらかの思惑が潜んでいる。この透明ドームの開放的な作りにもそれはあるにちがいない。これがもっと一般的な環境での閉じた空間であれば、ギルドマンは閉所恐怖をかきたてられていたことだろう。惑星外の開けた空間で生まれ、生活するギルドマンにとって、閉じた空間は精神衛生上の鬼門なのである。

そんなエドリックのために、わざわざこのドームを造らせたということは——いつでも操舵士の弱みを突けるのだぞという遠まわしの威嚇だろうか。なんともまあ、いやらしい釘の差し方をするものだ。

（では、このおれに対する威嚇は？）スキュタレーは思案した。（どこを突いてくる？）

おりしも、老教母がスキュタレーに水を向けてきた。

「そなた、いっこうに口を開かぬな、スキュタレーよ」

「ほほう。小生めを、この愚者の論争に引きずりこもうとおっしゃる？」スキュタレーは答えた。「ま、よろしい、わが見解を申し述べましょう。われわれが相手どっているのは、救世主とも目されるほどの人物です。そのような相手に正面から戦いを挑むのはいかがなものでしょうかな。殉教者どもに阻まれて敗北するのが落ちではありませんか」

全員がスキュタレーに視線を注いだ。

「危険はそれだけと思いおるかや？」教母が語気を強めて問うた。

だが、その声には喘鳴《ぜんめい》が混じっている。

スキュタレーは肩をすくめてみせた。今回、この秘密会談用に選んできたのは、温厚でふくよかな容貌だ。へらへらと浮かべた笑み、だらしなく部厚い唇、膨れた締まりのない身体。共謀者たちの眼差しを見るにつけ、本能的に選んできた——と自分では思っているこの姿が、この場にふさわしいものだったと得心がいく。ここにいる四人のうちで、肉体そのものを変容させ、外見を千変万化に変えられる者は、スキュタレーのほかにいない。彼は人間のカメレオン——踊面術士《フェイスダンサー》であり、今回まとってきた顔と身体は、他の共謀者に自分を見くださせるうえで絶大な効果を持つ。

「返答やいかに」教母がうながした。

「いやなに、沈黙を楽しんでおりましただけのこと」スキュタレーは答えた。「われらが害意は、けっして声に出さぬが吉でありましょう」

教母がすっと身を引き、踊面術士《フェイスダンサー》を評価しなおすのが感じられた。ベネ・ゲセリットの者は、深遠な筋肉組織と神経の鍛練を経て、自己の身体を高度に制御することができる。この制御能力を感得するにいたる者は、けっして多くはない。いっぽうのスキュタレーは、それとはまた系統の異なる、踊面術士《フェイスダンサー》に特徴的な筋肉と神経結合の制御能力を有しており、さらに〈共感応《ビンドゥー＝プラーナ》〉なる特殊な能力も具《そな》えている。この能力は、成りすまそうとする相手の精神を完全にトレースし、人格模写を行なうことで、その外見だけでなく精神までも写しとれるというものである。

スキュタレーはしばし、老教母が自分の再評価をおえるまで待ってやってから、やおら、こう告げた。

「いやはや、毒物とは！」

無調でこのことばを発したことにより、〝ここにいる者には毒物を使うことの愚かさがわかっていない〟との含みが伝わったはずだ。

ギルドマンが身じろぎし、きらめくスピーカーから音声を流れ出させた。スピーカーは球形で、当人が収まった重力中和タンクのななめ上に浮かび、イルーランの頭上で旋回をつづけている。

「われわれの議論対象は精神に作用する毒だ。肉体に作用する毒ではない」

スキュタレーは笑った。ミラバサ語の笑い声には相手の神経を逆なでする効果がある。

スキュタレーはその意図を隠そうともせず、辛辣な笑い声をあげつづけた。

イルーランは侮蔑の表明を評価するようにほほえんでみせたが、老教母は目にかすかな怒りの色をにじませ、しわがれ声で制止した。

「いいかげんにせぬか！」

スキュタレーはぴたりと笑いをやめた。が、全員の注意は依然として彼に注がれている。エドリックは憤然とするあまり、ことばもない。老教母は怒りに身をこわばらせている。イルーランはおもしろがりながらも、スキュタレーの意図を量りかねているようだ。

「われらが友、エドリックの提案は」と、スキュタレーは切りだした。「ありとあらゆる巧妙な手管を学んでこられたベネ・ゲセリットの魔女おふたりに対して、〝あなたがたは謀略の真の練り方を学んでおられない〟と揶揄するに等しいものでありましょう」

老教母モヒアムは顔を外に向け、ベネ・ゲセリットの母星に連なる寒々しい丘陵《こきょう》を眺めやった。そろそろこの状況における肝が見えてきたようだな、とスキュタレーは判断した。

よい徴候だ。だが、イルーランはまた別の問題としてとらえる必要がある。

エドリックが問いかけてきた。

「スキュタレーはわれらの一員なのか、ちがうのか、どちらだ?」

操舵士は齧歯類《げっしるい》のそれのような小さな目をぴたりとスキュタレーにすえている。

「このさい、小生の忠誠心など、問題ではありません」とスキュタレーは答えた。視線はいまなおイルーランに向けたままだ。「どうやら判断に窮しておいでのごようすですな、プリンセス——はたして、はるばる何パーセクもの彼方から、多大なる危険を冒してまでここにくる価値があったのかと」

イルーランはうなずいてみせた。

「ご来臨の目的は、半魚人相手に他愛ない陰謀ごっこにふけるためだったのでしょうか? それとも、太ったトレイラクス会の踊面術士《フェイスダンサー》と実利的議論を交わすためですか?」

イルーランは濃厚なメランジ臭が耐えがたいといわんばかりに、左右に首をふりつつ、エドリックの重力中和タンクから意味ありげに離れた。

エドリックがこの機をとらえ、メランジ錠を一錠、口に放りこんだ。ギルドマンは常時メランジを摂取し、呼吸しているため、確実に香料《スパイス》びたりの状態にある。もっとも、常用するには妥当な理由があった。メランジは操舵士の予知能力を高め、ギルドの輸送母船を

——超光速で宇宙空間を飛ぶ巨大船を誘導する力を与える。香料《スパイス》がもたらす超覚醒状態により、どの航路をとれば先々の危険を回避しうるかが予測できるのだ。エドリックはいま、航路に潜むものとは別種の危険を感じとっているらしいが、それは航宙向けの予知能力で対処できる範囲を超えていた。

イルーランがいった。

「どうやら、ここにきたのはまちがいだったようね」

老教母がプリンセスに顔をふりむけ、大きく目を見開き、すぐに閉じた。妙に爬虫類《はちゅうるい》を思わせるしぐさだった。

スキュタレーはイルーランから重力中和タンクに視線を移し、プリンセスの目から見た操舵士のイメージを分かちあった。プリンセスの思いが手にとるようにわかる。さよう、プリンセスはエドリックを不快な存在と見ている。ぶしつけな視線、不気味な気体の中でゆらゆら動く怪物じみた足と手、からだのまわりで煙のようにたゆたうオレンジ色の渦。おそらく、あの者の性習慣はどのようなものかといぶかり、ああいう存在と睦《むつ》みあうのはどんな感じがするのかと考えているのだろう。力場《りきば》発生機の作用であやって宇宙空間の無重量状態を再現し、その環境内でくつろいでいることに対しても、いまはもう違和感をおぼえているはずだ。

「プリンセス」スキュタレーは水を向けた。「ここにエドリックがいるおかげで、一部のできごとはご夫君の予知能力をもってしても予知できません。この会合も含めてです……おそらくは、ですが」

「おそらくは、ね」イルーランは答えた。

教母が目をつむったままうなずき、口を開いた。

「予知なる現象は、予知能力を持つ者らによってさえ十全に理解されてはおらぬ」

「自分はギルドの正航宙士であり、充分な予知能力を持つ」これはエドリックだ。

ここでまた教母がまぶたをあけた。視線を向けた先は踊面術士《フェイスダンサー》だ。ベネ・ゲセリットに特有の透徹した眼差しでスキュタレーを凝視している。値踏みしているのだ。

「いや、さすがです、教母どの」スキュタレーはつぶやくように語りかけた。「いかにも、小生は見かけほど単純な人間ではありません」

「わたくしたちは、未来予知の力を理解してはいません」イルーランがいった。「問題はそこにあります。こと航宙士の影響圏内で起こるできごとについては、わが夫といえども、観《み》えず、知りえず、予測できない——エドリックはそういうけれど。その影響圏の範囲はどの程度のものなのかしら？」

「われわれの宇宙には特異な人物や事物が存在する。じかに把握できなくとも、それらが周囲におよぼす影響によって、その所在を知れる存在が」エドリックはいったんことばを切り、口を引き結んだ。魚を思わせる口が細いラインを形作った。「それらがそこに……あそこに……どこかに存在することは、周囲におよぼす影響から推定できる。水棲生物が動けば水をかき乱すように、予知能力に影響するそれらは時間流をかき乱す。したがって、殿下の夫君がどこにいるのかは、周囲の乱れからそれと知れる。しかし、夫君そのものは観《み》えない。夫君と目的を共有し、夫君に忠誠を誓う者も、同様に観えない。予知能力者にまつろう者どもは、能力者の影響下にあるかぎり、動静が観えなくなってしまうのだ」

「イルーランは、あなたにまつろう者ではありませんよ？」

スキュタレーは口をはさみ、横目でちらりとプリンセスを見た。

エドリックは答えた。

「この陰謀はわが影響下において練る必要がある。それはここにいる全員が承知していることだ」

淡々と冷めた口調で、イルーランはいった。

「あなたにはあなたなりの使い道がある――ということのようね」

（おお、プリンセスはこの者の立ち位置を的確に見てとったか！　すばらしい！）

スキュタレーはそう思い、ことばに出してはこういった。

「未来は創っていくものですからな。その点、どうぞご留意を、プリンセス」

イルーランは踊面術士《フェイスダンサー》に目を向け、答えた。

「ポールと目的を共有し、ポールに忠誠を誓う者たち。ポールを盲信するフレメン軍団の中枢たち。この者たちは、ポールの影響力下に埋もれていて、はたからは動静が観えない。けれどわたくしは、ポールが信徒たちに啓示を伝える姿をこの目で見ている。フレメンが自分たちの救世主《マフディー》を——崇拝してやまないムアッディブを——礼讃して張りあげる叫びを、この耳でたしかに聞いているのです」

(どうやら気づいたようだな)とスキュタレーは思った。(自分が審判の場に立たされていることに。自分を存続させるのか破滅させるのか、その審判がじきに下されようとしていることに。プリンセスはわれわれが仕組んだ罠に気づいた)

つかのま、スキュタレーの視線が教母の視線と出会い、その一瞬のうちに奇妙な認識を得た。教母もまたイルーランに対して同じ思いを共有しているようだ。プリンセスは当然、この老ベネ・ゲセリットから、ここでなされることの説明を事前に聞かされているだろう。つまり巧妙な虚偽をあれこれと吹きこまれてきたということだ。そうはいっても、ベネ・ゲセリットたる者、自己の受けた修行と本能を信じねばならない瞬間がいつでも訪れうる。

エドリックがいった。

「プリンセス。皇帝に対する殿下の宿望《しゅくぼう》はわかっている」

「いまどきそれを知らない者がいるかしら？」

「殿下は新生帝家の初代女帝になることを欲している」プリンセスのことばが聞こえないかのように、エドリックは語をついだ。「われわれに加わらないかぎり、その宿望が叶うことはない。わが予知の力をもって断言しよう。皇帝は殿下と政略結婚をしたのであって、殿下が夫君と褥《しとね》をともにすることは今後もけっしてない」

「では、予知能力者は窃視者《せっししゃ》でもあるということね？」イルーランが鼻先で笑った。

「皇帝は殿下よりもフレメンの愛妾《あいしょう》と強く結びついている！」エドリックが語気を強めた。

イルーランは切り返した。

「けれど、あの女が皇帝の子を産むことはありえないわ」

ここでスキュタレーがつぶやくように、

「いつでも理性なのですよ——激情が最初に押し流すものはね」

このことばによってイルーランの怒りが流れ去るのを感じとり、スキュタレーは忠言が奏効したことを知った。

「あの女が皇帝の子を産むことはありえないの」イルーランの声は、制御された冷静さを取りもどしていた。「なぜなら、わたくしがひそかに、食事に避妊薬を服《も》っているからよ。

あなたがたが告白させたいのはそのたぐいのことね？」

「皇帝に見ぬかれていなければいいのだがな」そういって、エドリックはにたりと笑った。

「ポールに聞かせる空事《そらごと》は用意してあるわ。ポールにも読真力《どくしんりょく》があるけれど、世の中には真実よりも信じたくなる作り話があるものだから」

「プリンセスにおかれては、そろそろ選択していただかねばなりません」スキュタレーはうながした。「なにがあなたさまを護っているか、くれぐれもご理解くださいますよう」

「わたくしに対するポールの処遇は公正そのもの。枢密院に席を設けてくれてもいます」

「皇帝の配偶者《プリンセス・コンソート》などという、正妃にしては格の低い肩書きに甘んじてきたこの十二年間」エドリックが問いかけた。「皇帝がわずかでも殿下にやさしく接したことがあったか？」

イルーランはかぶりをふった。

エドリックは語をついだ。

「あの男は悪名高きフレメン軍団を率いて殿下の父君を廃帝とし、帝室の実権を握るべく殿下と政略結婚をした——あまつさえ、殿下を女帝として戴冠させないばかりか、自分が皇帝の座についた」

「エドリックはあなたさまの気持ちを煽っているのですよ、プリンセス」スキュタレーは横からことばを添えた。「じつに興味深いことですな」

イルーランは踊面術士《フェイスダンサー》を見やり、その顔に浮かぶ穏和な笑みに気づくと、両の眉を吊りあげてみせた。

ふむ、これはもう、完全にこちらの意図を察しているな、とスキュタレーは見てとった。プリンセスがエドリックに煽られてこの陰謀に留まるなら——一味は当初からその想定で動いているのだが——この会合はポールの未来予知に捕捉されずにすむ。しかし、もしもプリンセスが一味から身を引けば……。

「いかが思われます、プリンセス？」スキュタレーはたずねた。「われらが陰謀において、エドリックが過度にあなたさまを煽っているとお考えですか？」

「すでに賛意を示したとおり」エドリックがいった。「自分は一連の会合で出されたうち、最良の方針にしたがうつもりでいる」

「ひとつの方針が最良であるとだれが決めるのでしょうね？」スキュタレーは問いかけた。

「スキュタレーはプリンセスに袂《たもと》を分かってほしいのか？」エドリックが問い返した。

「スキュタレーはな、腹の内ではプリンセスの加担を確《かく》たるものにしたいのじゃ」教母が呻《うめ》くような声で口をはさんだ。「われらのあいだで化かし合いはなるまいぞ」

スキュタレーの見ている前でイルーランは緊張をほどき、両手をローブの袖にしまった。どうやら考えに集中しようとしているらしい。エドリックが眼前にぶらさげた餌の価値を検討しているのだろう。すなわち、自分が新たな帝家の開祖となる可能性をだ。そして、陰謀グループと袂《たもと》を分かつと宣言した場合、ここに集う陰謀者たちがみずからを護るため、どのような口封じ策を講ずるかも検討しているはずだ。それ以外についても、さまざまなことがらを天秤にかけていると見ていい。

「スキュタレー」ややあって、イルーランは口を開いた。「あなたがたトレイラクス会は、奇妙な名誉の体系を持っているそうね。獲物にかならず逃げ道を用意しておいて、獲物の立場を脱せられるようにしているとか」

「獲物がその逃げ道を見つけられれば、ですが」

「わたくしも、獲物？」

　スキュタレーは声をあげて笑った。

　教母が鼻を鳴らす。

「プリンセス」語りかけたのはエドリックだった。おだやかで説得力のある口調になっていた。「殿下はすでにわれわれの一員だ。そのような恐れをいだく必要はない。殿下とて、帝家の内情をベネ・ゲセリットの上司らに報告していないわけではあるまい？」

「わたくしが教母さまたちに報告をしていることは、ポールも承知しています」

「しかし、殿下の皇帝を批判するに足る強力なプロパガンダの材料を、上司らに提供していないわけではあるまい？」

（いやはや、〝われらが皇帝〟ではなく）とスキュタレーは思った。（〝殿下の皇帝〟ときたか。イルーランもいっぱしのベネ・ゲセリットである以上、うっかり口をすべらせたエドリックの本音に気づかぬはずはない）

　スキュタレーは口を開き、イルーランに語りかけた。

「問題は、これからお話しするある力にあります。そしてその力をどう使うべきかにも」

おもむろに、ギルドマンの重力中和タンクに歩みよって、「われわれトレイラクス会は、全宇宙には物質への飽くなき欲求しか存在せず、エネルギーこそは唯一の真なる実在だと信じています。そして、エネルギーは学ぶ。心してお聞きくださいますよう、プリンセス。エネルギーは学ぶのです。これを指して、われわれは〝力《パワー》〟と呼びます」

「それだけでは、皇帝を打ち負かせる確証は持てないわ」とイルーラン。

「確証など、われわれも持ってはおりませんとも」スキュタレーは応じた。

「わたくしたちがどちらを向こうとも、ポールの力と向きあうことになるのですよ。彼は〈クウィサッツ・ハデラック〉、あまたの場所に同時に存在できる者。そして救世主《マフディー》でもある以上、ほんのちょっとした気まぐれも、聖職省《クィザーリット》の教導団にとっては絶対の命令となる。加えてポールは演算能力者《メンタート》でもあり、その生体演算力は古代で最強の演算力を誇っていた演算機械のそれすらも凌駕するほど。そのうえムアッディブでもあり、ひとことフレメン軍団に命じさえすれば、多数の惑星で住民を根絶やしにしてしまえる。しかも未来予知の力まで具《そな》えていて、未来を見通せる。彼こそは、わたくしたちベネ・ゲセリットが長らく切望してきた遺伝子パターンの持ち主であり——」

「あやつの属性など、先刻承知しておるわさ」教母がさえぎった。「それに、あの忌み子——あやつの妹のアリアめも同じ遺伝子パターンを持つ、それもわかっておる。したが、あやつらといえども人間じゃ。ふたりとも人間じゃ。ゆえに、人としての弱みはかならずある」

「では、その人としての弱みをどこに求めます？」踊面術士《フェイスダンサー》は水を向けた。「たとえば、彼の聖戦《ジハード》を支える宗教的権力に？　皇帝の聖職者《クィザーラ》たちに反旗を翻させられるならばそれもよし。あるいは、大領家《だいりょうけ》の行政機関に働きかけてもよろしい。領主会議《ラーンスロード》に口頭告発以上の強硬策をとらせる手もありましょう」

「自分は公正なる高度貿易振興財団《コンビネ・オネト・オーバー・アドヴァンセー・メルカンティル》への働きかけを推奨する」エドリックが提案し、重力中和タンクの中でからだを回転させた。「ＣＨＯＡＭ《チョーム》は商売第一だからな。商売人は利潤のみを追求する」

「でなければ、皇帝のご母堂に働きかけるも一案かと」これはスキュタレーだ。「小生の理解しているところによれば、レディ・ジェシカは惑星カラダンに在住しながら、頻繁に息子どのと連絡を取りあっています」

「あの裏切り者の性悪女めが」平板な口調で、老教母はいった。「あやつに修行をつけたわが手を切り落としてしまいたいほどじゃ」

「いずれにしても、われわれの陰謀には梃子《てこ》が必要でありましょう」とスキュタレー。

それを受けて、教母は切り返した。

「われらはたんなる陰謀者ではないぞ」

「いかにも、たしかに」スキュタレーはうなずいた。「われわれは精力的に、かつ急速に学んでいる。そのことによって、われわれは真の希望たりえるのです。人類を確実に救済できるのです」

ここでスキュタレーが用いてみせた語調は、本来であれば絶対の確信を伝えるものだが、トレイラクス会士の口から出ると、痛烈このうえない皮肉を意味することがある。事実、いまのはまさに皮肉そのものだった。

この場にいる者のうち、教母だけは皮肉の含みに気づいたらしい。というのも、「そのゆえは?」とスキュタレーに問いかけたからだ。

踊面術士《フェイスダンサー》が答えるよりも早く、エドリックが咳ばらいをし、横からいった。

「哲学的なたわごとにふけるのは、もうやめにしようではないか。あらゆる疑問は、煎じつめれば、たったひとつの疑問にたどりつく。〝その存在意義はなにか？〟だ。たとえば、ありとあらゆる宗教、事業、政治に関わる疑問はみな、〝だれが権力をふるうのか？〟に集約される。同盟、連合、複合体が追い求めるものは、たんなる幻で終わりかねない——権力を掌握しないかぎり。権力の希求以外はなにもかも無意味だ。大半の思考する存在がいずれは認識するようにな」

スキュタレーは肩をすくめた。これは教母のみに向けたしぐさだった。さっきの教母の問いには、たったいま、エドリックが代わりに答えてくれた。すなわち、もったいぶった話し方をするこの阿呆こそは、陰謀メンバー最大の弱点だということだ。そう思っていることを教母に伝えるため、スキュタレーはいった。

「人は教師のことばを傾聴してこそ、教育を得られる——そういうことですな」

教母はゆっくりとうなずいた。

「プリンセス」エドリックがいった。「さあ、選択をなせ。殿下は運命の道具に選ばれた。それも、もっとも優秀な道具に……」

「お追従《ついしょう》は、それで心動かされる者のためにとっておくことね」とイルーランは答えた。「ときに、あなたはさきほど、さる亡霊のことを口にしたわね？　黄泉《よみ》の国から生き返り、皇帝をたぶらかせるかもしれない亡霊のことを。それについて説明してもらいましょう」

　エドリックはのどを鳴らさんばかりの声で答えた。

「それはな、あのアトレイデスがみずからを滅ぼすということだ！」

「謎かけじみた物言いはおやめなさい！」イルーランはぴしゃりといった。「その亡霊とやらはどのようなものなの？」

「それはきわめて特異な亡霊でな」エドリックは答えた。「じつに、肉体と名前を持つ。肉体は――ダンカンとして勇名を馳せた剣聖のものだ。名前は……」

「アイダホは死んでいます」イルーランは押しかぶせるようにいった。「ポールはよく、わたくしの前でアイダホがいないことを嘆いているわ。アイダホが父のサーダカーたちに殺されるところをその目で見た、ともね」

「勝利を失ったとはいえ」エドリックはつづけた。「父君のサーダカーたちは気転までも失いはしなかったと見える。かりに、目端のきくサーダカーの指揮官がいて、部下たちが殺した死体の中に剣聖の死体を見いだしたとしよう。そのあと、どうする？　そのような肉体、高度な鍛練の賜物、それには使い道がある……死んですぐに処理しさえすれば」

「つまり、トレイラクス会の偶人《ゴウラ》ね……」

　イルーランはつぶやき、横目でちらりとスキュタレーを見た。

プリンセスの視線を受けて、スキュタレーは本領を発揮し、踊面術《ようめんじゅつ》を披露してみせた。顔の造作を流れるように変化させ、肉を動かし、再調整していく。じきに、プリンセスの視線の先には細身の男が立っていた。輪郭にはまだ多少の丸みを残しているものの、肌の色は浅黒くなり、顔面はやや扁平になっている。突き出た頬骨は高く、その上の目には、はっきりとわかる内眼角贅皮《ないがんかくぜいひ》、いわゆる蒙古ひだがあった。頭髪は黒く、くせが強い。

「その外見を持つ偶人《ゴウラ》だ」エドリックがスキュタレーを指し示した。

イルーランはたずねた。

「偶人《ゴウラ》ではなく、スキュタレーとは別口で踊面術士《フェイスダンサー》を送りこんではいかが？」

「踊面術士《フェイスダンサー》ではだめだ」エドリックは答えた。「踊面術士《フェイスダンサー》の場合、長時間にわたって監視されれば正体を見破られる恐れがある。それでは使えない。ともあれ、くだんの目端が利くサーダカー指揮官が、アイダホの死体を変生胎《アホロートル》タンクに保存したとしよう。そうするのも当然だ。その死体は史上最強の剣士のひとりとして勇名を馳せた男の肉体と神経を持ち、アトレイデス家の顧問であり、軍事の天才だったのだからな。貴重な鍛練の成果と剣才をサーダカーの師範として復活させられるのなら、そうしない手はあるまい」

「そのような話、父はほのめかしたこともなかったわ。父の信頼厚き相談役でもあった、このわたくしによ」

「ふむ。しかし、父君は敗残者であり、敗北が決まって数時間のうちに、殿下は新皇帝に売られた身ではないか」

「ほんとうに蘇らせたの？」

見る者をいらだたせずにはおかない、いたくご満悦の態度で、エドリックは答えた。

「その目端が利くサーダカーの指揮官は、スピード勝負であることをちゃんと心得ていて、即刻、アイダホの保存死体をベネ・トレイラクスのもとへ送ったと仮定しよう。さらに、その指揮官と部下たちが、この情報を父君に伝える前に戦死してしまったとも仮定しよう。たとえ父君が報告を受けていたところで、その情報を利用するすべはなかっただろうが、ともあれ、この状況において残るのは事実の記録のみ——ある肉体が惑星トレイラクスへ送られたという事実の記録のみしかない。他星系の惑星になにかを送る手段は、もちろん、ただひとつ——輸送母船に載せることだけだ。われわれギルドの者は、いうまでもなく、みずからが運ぶもののすべてを把握している。これらの知識があれば、皇帝にふさわしい贈り物としてくだんの偶人《ゴウラ》を購入することは、理の当然ではないか」

「では、ほんとうなのね……」

ここでスキュタレーが口をはさんだ。すでに当初の丸々とした顔と体形にもどっている。

「われらがもったいをつけたがる友が示唆したように、そのとおりです、蘇らせました」

「アイダホにどのような条件づけをしたの？」とイルーラン。

「はて、アイダホ？」いままでその名を口にしていたくせに、エドリックはわざとらしくとぼけてみせ、トレイラクス会士に視線を向けた。「アイダホなる者に心当たりがあるか、スキュタレー？」

「われわれがあなたがたに売ったのは〝ヘイト〟と呼ばれる存在でした」

「おお、そうそう――ヘイトだ。ではなぜ、ヘイトをわれわれに売ったのか？」

「かつてわれわれが自前の〈クウィサッツ・ハデラック〉を生みだしたからですよ」

老いた顔をすばやくふり動かして、教母はきっとスキュタレーをにらみつけた。

「初耳じゃ、そのような話！」

「たずねられたことがありませんのでね」スキュタレーはしゃあしゃあと答えた。

「自前の〈クウィサッツ・ハデラック〉を、どうやって倒したのかしら？」

イルーランの問いに、スキュタレーはこう説明した。

「自己の本質を特定の形で示すべく生を送った存在は、その対極の形をとるくらいなら、死を選ぶものなのです」

「なにをいっているのか、さっぱりわからん」これはエドリックだ。

「みずから命を絶ったということじゃ」教母が呻くように答えた。

「さすがにご理解が早い。惚れぼれしますよ、教母どの」

スキュタレーはそういって持ちあげたものの、いま用いた口調には、このような含みもこめられていた。

〝おまえは性の対象でもなければ、性の対象だったこともなく、そもそも性の対象になどなりえないのだぞ〟

トレイラクス会士は、このぶしつけな念押しが教母の心に浸透するまで待った。意図を誤解されてはかなわない。教母もいまのことばで怒りはするだろう。だが、怒りを超えて、しかるべき認識に達してもらわなくてはこまる。その認識とは、トレイラクス会とてベネ・ゲセリット修女会《シスターフッド》の人類血統改良計画を知っているが、みずからも同じことをした以上、それを批判する意図はないということだ。もっとも、スキュタレーの言辞は野卑な侮辱を含むものであり、トレイラクス会士にまったく似つかわしくないものではあった。

ミラバサ語の懐柔モードを用いて、エドリックが場をとりなそうとした。

「スキュタレー、さきほどギルドにヘイトを売ったといったがな。売った理由はヘイトの使い道をわれわれと共有するからではないか」

「エドリック――小生がいいというまで、口を開かずにいていただけるか」

スキュタレーに釘を刺されて、ギルドマンは抗議しかけたが、教母が鋭くそれを制した。

「控えよ、エドリック！」

ギルドマンは手足を荒々しくふり動かし、重力中和タンクの奥へ引っこんだ。

「一時的な感情は、この場で共有する問題の解決に対し、いっさい寄与しないものです」

スキュタレーはいった。「一時の感情は理性を曇らせる。この場合に唯一意味ある感情は、ここにいる全員をこの会合へと駆りたてた、根源的な恐怖にほかなりません」

「それは承知しています」イルーランがそういって、教母と視線を交わし合った。

「ご理解いただかねばならぬのは、われらが盾には限界があり、われわれはいまも危険にさらされているということです」スキュタレーは語をついだ。「予知能力が偶然に〝理解できない対象〟を見つけることはありえません」

「あなたは迂遠《うえん》な言いまわしがお好きのようね、スキュタレー」これもイルーランだ。

（これがどれほど迂遠かは見当もつくまいな。なにしろ、計画成就の暁には、制御できる〈クウィサッツ・ハデラック〉が手に入るのだから。そして、手に入れるのは、われわれベネ・トレイラクスだ——ここにいるほかの者らではない）

教母がたずねた。

「おまえさまがたの〈クウィサッツ・ハデラック〉は、いかにして創ったのじゃ？」

「純粋な要素を寄せ集めて創ったのですよ。たとえば、純粋な善と純粋な悪をね。他者にありました」

苦痛と恐怖をもたらすことにのみ愉悦を見いだす純粋な悪というのは、じつに育てがいが

こんどはイルーランがたずねた。

「もしや、先代ハルコンネン男爵——われらが皇帝の祖父も、トレイラクス会の産物？」

「いえ、われわれの産物ではありません。われわれの創造物に負けず劣らず凶悪な悪も、しばしば自然に生まれるということです。われわれの創造物は、研究可能な環境下のみにおいて創りだします」

「さっきから、自分はずっと蚊帳《かや》の外だ。このようなあつかいを受けるいわれはない！」

エドリックが抗議した。「いったいだれの力によって、この会合が皇帝の目から——」

「ふむ」スキュタレーはいった。「では、皇帝の目から一同を隠してくださっている方の、すばらしいご意見を承りましょうか。なにをおっしゃりたいのです？」

「自分が議論したいのは偶人《ゴウラ》を皇帝に献上する手段だ。ヘイトはポール・アトレイデスが生まれ母星《こきょう》で学んだ古い倫理観に馴じんでいる、と自分は理解している。ヘイトがそばにいれば、皇帝の古い倫理観を増幅させ、生と宗教の正負両面について、輪郭をきわだたせやすくなるだろう」

スキュタレーは微笑し、穏和な眼差しで一同を眺めまわした。どの者も狙ったとおりの

反応を示してくれている。

ただ大鎌のように感情をふりまわすだけの、教母。

ある任務をこなすべく訓練を受けながら、その任務に失敗した、イルーラン。この女はベネ・ゲセリットの失敗作だ。

エドリックは手品師がトリックを駆使する手と大差ない存在でしかなく、それ以上でも以下でもない。手元を隠して見る者の注意をそらすのがせいぜいだ。いまのエドリックは一同から無視されてふてくされている小物でしかない。

イルーランが問いかけた。

「そのヘイトを、ポールの精神を蝕《むしば》む毒物として送りこむ——この理解でよろしくて？」

「おおむね、そんなところです、はい」スキュタレーは答えた。

「では、聖職省《クィザーリット》は？」イルーランは問いを重ねた。

スキュタレーはこれにも的確に答えた。

「ほんのちょっとつついてやるだけでけっこう。あの者どもの負の感情を刺激し、妬みを憎しみに変えてやればよろしい」

「では、CHOAM《チョーム》は？」これもイルーランだ。

「あの連中は儲かりさえすればそれでいいのです」

「ほかの権力集団は？」

「政治の力にはさからえません。権力の弱い集団は、倫理と進歩の名において呑みこめばすむ。かくして、われらの敵対勢力は、みずからのしがらみに絡みつかれて滅びるという寸法です」

「アリアも？」

「ヘイトはいろいろ使い手のある偶人《ゴウラ》ですからな。皇帝の妹君も、見目よき男性に魅力をおぼえておかしくはないお年ごろ。ヘイトはそういった目的も含めて設計してあるのです。ヘイトの男ぶりに——また演算能力者《メンタート》としての能力に——妹君もさぞや心魅《ひ》かれることでありましょう」

モヒアムがこの教母らしくもなく、老いた目を大きく見開いた。

「偶人《ゴウラ》が……演算能力者《メンタート》とな？　なんと危ない橋を渡るのか！」

「正確な答えを出す必要から——」イルーランがいった。「演算能力者《メンタート》は正確なデータを持っていなくてはならないわ。もしポールが、わたくしたちの贈り物に秘められた目的を明かせ、とヘイトに命じたら？」

「真実を話すだけのこと。話したところで、なんのちがいもありはしません」

「つまり、ポールのために逃げ道を残しておくということね？」

「それにしても、演算能力者《メンタート》とは……！」モヒアムがつぶやいた。

スキュタレーは老教母に視線を向けた。その反応からは、古くからの憎悪が感じられた。〈バトラーの聖戦《ジハード》〉により、〝思考する機械〟が宇宙の大半の領域から駆逐されて以降、人間の演算機械は人々の不信をかきたてるようになった。そういった古くからの感情は、演算者に対しても向けられがちだ。

「気にいらぬわいな、その薄笑い」唐突に、モヒアムがいった。

教母は本音を伝えるモードでそういうと、まじまじとスキュタレーを見すえた。

同じモードを用いて、スキュタレーは答えた。

「こちらとても、気にいっていただくつもりはありませんよ。しかしながら、いまは手を組まねばならぬ局面。それはここにいるだれもが承知していることではありませんか？」

スキュタレーはちらりとギルドマンに目を向けた。「そうでしょう、エドリック？」

「スキュタレーからは手痛い教訓を得た」エドリックは答えた。「共謀者たちの合意には異を唱えてはならない――おそらくそれを明白にしたかったのだろう？」

「どうです、みなさん、お聞きになりましたか？　彼でさえものを学べるようだ」

「ほかにも学んだことはある」エドリックはうなるような声で応じた。「アトレイデスが香料《スパイス》を独占しているということだ。香料《スパイス》なくして未来予知はできん。ベネ・ゲセリットも読真能力を失う。ギルドにも備蓄はあるが、それにも限りはある。メランジは強力な財貨なのだ」

「われわれの財貨はひとつではありません。ゆえに、需要と供給の法則は崩せます」

「メランジの秘密を盗めるとでも思っておいでか？」モヒアムが喘鳴混じりの声でいった。

「それも、あやつの統べる、あやつの狂信的フレメンに護られた惑星からか！」

「フレメンとて、ただの人間ですよ、教育のある者、ない者を問わず。根っから狂信的な民族というわけではありません。あの者たちも、皇帝を信じこむようにと——実態に目を向けぬようにと——強く教えこまれているにすぎないのです。信仰とはいかようにも操作できるもの。唯一危険なのは知識のみでしょう」

「けれどそれで、わたくしのもとに新生帝家を創始できるなにかを残せるのかしら？」

イルーランの口調に、ほかの者たちは強い執念を感じとった。しかし、ほほえんだのはエドリックだけだった。

「なにかを……？　なにかをとおっしゃいますと？」スキュタレーがいった。

「つまり、アトレイデスの統治が終焉を迎えるということだろう」エドリックが答えた。

「予知能力に劣るあなた以外の者といえども、その程度のことなら予想できましょう」とスキュタレーはいった。「その者たちにしてみれば、フレメンのことわざにもあるように

——〝マクトゥブ・アル・マッラー〟

「〝それは塩で書かれている〟——自明だという意味ね」イルーランが訳してみせた。

そのことばを聞いて、スキュタレーはこのベネ・ゲセリットが体現するものを実感した。美しく、知恵もまわる女。ただし、けっして自分のものにはできぬ女。

(まあいい……ほかの会士のために、この女をコピーしてやるのもまた一興)

あらゆる文明は、無意識的な力に――すなわち、集団に発生する、ほぼすべての自覚的意図を阻止し、裏切り、退けんとする力に――悩まされるものである。

――トレイラクス会の定理（未証明）

ポールはベッドの端に腰をかけ、砂漠ブーツを脱ぎはじめた。潤滑油の臭気が鼻をつく。この潤滑剤は、保水スーツを機能させる踵圧《しょうあつ》ポンプの動きをなめらかにするためのものだ。夜も遅い。夜の散策が長びいたことで、自分を愛する者たちを心配させることにもなってしまった。たしかに散策は危険をともなう。とはいえ、その危険は自分で察知し、即座に対応できるたぐいのものでしかない。首都アラキーンの街なかを、夜陰に乗じ、お忍びで散策することには、なんともいえない魅力があった。

脱いだブーツを部屋の一角へ——室内にはひとつしかない発光球の下へ放り投げ、保水スーツの気密シールと格闘しだす。地中の神々《なんてことだ》よ、こんなに疲れているなんて！　だが、疲れているのは筋肉だけで、心は激しく波だっている。散策で目のあたりにしてきた日常、市井《しせい》の人々が送る生活がうらやましくてしかたない。皇帝の〈大天守《キープ》〉を取り囲む城壁の外側で、名もなき者たちが送る他愛ない日々の大半は、皇帝には分かち合えないものだ。だが……公共の街路を、だれの注意も引かずに散策することの、なんというすばらしさ！　そして、前を通りかかった托鉢《たくはつ》巡礼たちは、みんなてんでに喜捨を求めて声をあげていた。フレメンが市場《バザール》の店主をののしる声——「この濡れ手野郎《ごうつくばり》！」……。

　市井のようすを思いだしてほほえみながら、ポールは保水スーツを脱ぎ捨てた。こうしてはだかで立っていると、自分の惑星との奇妙な調和を感じる。〈砂の惑星《デューン》〉はいまや逆説的な立ち位置にあった。諸勢力の圧力下にある現状で権力の中心にいるのは、なんとも不可解なようだが、全方位から圧力を受けること自体、権力の避けえぬ運命だ。ポールは足元の緑の絨緞を見おろし、素足の裏をくすぐるごわごわした感触を味わった。思い返せば、街路には〈防嵐壁《ぼうらんへき》〉を越えて層砂風《そうさふう》が運びこむ砂が降り積もり、足首まで埋まったものだった。足を動かすたびに、もうもうたる砂塵が巻き起こり、保水スーツの防砂フィルターを目詰まりさせる。〈大天守〉の気閘門《きこうもん》に設けられた強風排砂機で砂塵を除去してきたいまでも、まだ微粒砂のにおいが鼻の奥に残っているほどだ。それは砂漠のさまざまなできごとを思いださせるにおいだった。

（過ぎ去りし日々……過ぎ去りし危険の数々）

あの日々にくらべれば、単身で夜の散策をすることなど、たいした危険とはいえないが、保水スーツを身につけているあいだは、砂漠に身を置くのと変わらない。保水スーツと、そこに組みこまれたさまざまな仕組み——人体が発散する水分を回収するための工夫は、微妙な形で着用者の想いを誘導し、砂漠ならではの動きをとらせる。その動きを通じて、ポールは野性たくましいフレメンと化す。スーツを着用したその姿だけではない。スーツそのものが、皇帝として統べるこの帝都に対し、ポールを異質な者に仕立てあげるのだ。保水スーツを着たポールは、身の安全など二の次で、むかしながらの暴力と戦いの技術を身に宿す。巡礼も街の住人も、そんなポールとすれちがうさいにはみな目を伏せていく。砂漠住みのフレメンは避けるにしくはない——用心深くも、だれもがそう心得ているからだった。街の住民にとって、砂漠が持つ〝顔〟があるとしたら、それは保水スーツの鼻孔フィルターと口部フィルターで隠されたフレメンの顔にほかならない。

もちろん、古い伝統を持つ群居洞《シエチ》からきただれかが、その歩法、におい、フィルターの上から覗く目などをたよりに、いますれちがった人物がポールだと気づく可能性もなくはなかった。しかし、街路で敵と遭遇する可能性はきわめて小さい。

おりしも、戸口の仕切り幕をかきわける音がして、室内に光が射し、ポールの物思いを破った。白金のトレイにコーヒーセットを載せて、チェイニーが寝室に入ってきたのだ。うしろから二台の追従型発光球がつづき、すばやく宙を移動して所定の位置に浮かんだ。一台が浮かんだのは、ふたりが寝るベッドのヘッドボード付近。もう一台はチェイニーのそばに浮かび、手元を照らしている。

チェイニーの動作は年齢を感じさせない、はかなげでいながら、それでいて力強さをも感じさせるものだった。いまの暮らしに充足している雰囲気をただよわせつつも、どこか壊れそうにも見える。コーヒーセットに身をかがめるようすには、はじめて会ったころを思いださせるものがあった。顔だちは依然として浅黒い小妖精のように愛らしく、年輪を感じさせないが……白目のない、全体に青い目の周囲をよくよく見れば、目尻に小じわが刻まれているのがわかる。砂漠住みのフレメンは、これを〝砂上のわだち〟と呼ぶ。

ポットのふたのつまみには、惑星へイガル産のエメラルドがついている。チェイニーがそのつまみを持ち、ふたをあけると、中から熱い湯気が立ち昇った。ふたを戻したときのしぐさからすれば、コーヒーはまだ充分に抽出されていないようだ。縦溝彫りの銀製で、妊娠中の女性を象《かたど》ったこのポットは、戦利品《ガニーマ》——つまり、前の持ち主であった男を決闘で殺したさい、記念品のひとつとして手に入れたものである。ジェイミス。それがその男の名前だった。ジェイミス……。死はなんと奇妙な不死性をジェイミスに与えたのだろう。戦ってもポールには勝てないと知っていたジェイミスは、このコーヒーセットをよすがとすることで、自分の存在をいつまでも思いださせようとしたのだろうか。

チェイニーがカップをならべた。大きなポットのそばにならぶと、青い陶器のカップはまるで従者のようだ。カップはぜんぶで三客ある。うち二客はポールとチェイニーのぶん、もう一客は過去にこのセットを持っていた者全員のぶんだ。

「もうそろそろいいわね」

チェイニーがそういって、ポールに目を向けた。チェイニーの目に、自分はどう映っているのだろう、とポールは思った。エキゾチックな外星人——細身で引き締まった肉体を持つが、フレメンとくらべて豊富に水を含む男か？　それとも、砂漠に逃げこんだ当時、〝フレメンの同心《タウ》〟——群居洞《シエチ》共同体の狂騒的一体感の中でチェイニーとひとつになった若者、部族名ウスールのままなのか？

自分のからだを見おろした。固い筋肉に、細身の肉体……皇帝になって十二年がたつというのに、多少は傷が増えただけで、即位したころから本質的に体形は変わっていない。視線を上にあげ、棚の鏡に映った自分の顔を見る。青に青を重ねたフレメンの双眸《そうぼう》——。

これは香料《スパイス》中毒の特徴だ。そして、アトレイデス家特有の鋭い鼻。闘牛場で黒牛と熱戦をくりひろげ、満場の自分が治める民を沸かせたあげく、壮絶な死をとげた祖父の血を引く者ならではの顔だち。

ふと、かつて祖父が口にしたということばが心にすべりこんできた。

〝統治者なるものは、治める民に対し、最終的な責任を負う。統治者はいわばヒツジ飼いなのだよ。ヒツジ飼いであるからには、しばしば無私の愛に基づいた行為を求められる。たとえその行為が、領民《ヒツジ》たちを楽しませるだけのものであってもな〟

アトレイデス家の領民は、いまだに愛情を持って老公爵のことを思いだすという。

(では、おれはどうだ？　アトレイデスの名においてなにをなした？)ポールは自問した。(ヒツジの群れにオオカミを放っただけではないか？)

ポールはしばし、自分の名においてもたらされているすべての死と暴力について考えた。

「さあ、ベッドに入りなさい！」

チェイニーが強い命令口調でうながした。この口調を聞けば、廷臣はみな震えあがる。

ポールはおとなしく指示にしたがい、ベッド上で仰向けに横たわると、頭の下に両手をあてがった。すっかり馴じんだチェイニーの言動は心地よく、安らぎを与えてくれる。

ここで唐突に、部屋のようすに興味をかきたてられた。ここはおよそ一般庶民が皇帝の寝室としてイメージするようなところではない。絶えず浮動する発光球は、チェイニーのうしろの棚に並んだ色ガラス瓶の列に黄色い光を投げかけて、背後の壁面に影を踊らせている。ポールは心の中で各瓶の中身をあげていった。砂漠で使う医薬の材料を乾燥させたもの各種、軟膏、香、記念の小物……タブールの群居洞《シエチ》から持ってきたひとつまみの砂、チェイニーとのあいだに生まれた初子《ういご》の髪ひとふさ……初子が亡くなったのはずいぶん前……十二年も前だ……ポールを皇帝にいたらしめた戦いの余波を受けて、なんの罪もなく、戦いに関与してもいないわが子は、命を落としてしまったのである。

香料《スパイス》入りコーヒーの馥郁《ふくいく》たる香りが室内に広がった。ポールはその香気を胸いっぱいに吸いこんだ。ふと見ると、チェイニーがコーヒーの用意をしているトレイの横には黄色い鉢が置いてある。鉢には落花生が盛ってあった。テーブルの下に設置された毒物検知機が――帝都の暮らしでは、これは欠かせないしろものだ――昆虫の脚に似たアームを何本か卓上に伸ばして、落花生を走査している。毒物検知機を見るたびに、ポールは腹が立ってしかたがない。砂漠時代には、こんな検知機など必要なかったのに！

「コーヒーが入ったわ」チェイニーがいった。「おなかはへってる？」

そのとき、突如として屋外にかんだかい音が響きわたり、とげを含んだポールの否定はその音に呑みこまれた。これはアラキーン郊外の宇宙港から香料《スパイス》搬出艀《はしけ》が飛びたつ音だ。

チェイニーは夫の怒りを感じとり、コーヒーを各カップにつぎわけると、ポールの手のそばに一杯を置いた。ついで、ベッドの足元側に腰をおろし、ポールの両脚を露出させ、保水スーツを身につけた散策でこわばっていた筋肉をマッサージしはじめた。それから、おだやかな、明らかにさりげなさを装っているとわかる口調で、こう切りだした。

「イルーランが子供をほしいといいだした件、話しあいましょうか」

ポールはかっと目を開き、身を起こすと、まじまじとチェイニーの顔を見つめた。

「イルーランがワラックから帰ってきて、まだ二日とたっていないじゃないか。なのに、もうきみを困らせているのか？」

「あのひとがかかえている不満については、話しあったことがなかったわね」

ポールはみずからに強いて精神を鋭敏化させ、ベネ・ゲセリットの〈観法〉を――母が修女会《シスターフッド》の誓約を破って伝授してくれた〝万事を詳細に観察する方法〟を用いて、つぶさにチェイニーを精査した。チェイニーにこんなまねはしたくない。チェイニーに心を許せる理由は、ひとつには、精神の鋭敏化に必要な力を使わずにすむ相手だという事実にある。たいていの場合、チェイニーは分別を欠いた質問などしない。いまなおフレメンとしての良識を堅持しており、たずねる内容は実際的な案件が多い。そして、チェイニーが興味を示す対象は、夫の立場にかかわるもの――枢密院における夫の発言力、夫の軍団の忠誠心、夫の味方の才能、などにかぎられる。記憶力の面でもチェイニーはすぐれていて、膨大な人材の名前とそれぞれの背景情報を詳細に憶えている。また、その気になればいつでも、判明しているすべての敵の主要な弱み、敵対勢力がとりうる作戦計画、麾下《きか》の軍幹部らが立てている作戦計画、自陣営の基幹産業における製造加工能力などを開陳できる。

なのになぜ、いまになってイルーランのことを持ちだすのか。

「動揺させてしまったわね」チェイニーがいった。「そんなつもりはなかったんだけど」

「じゃあ、どんなつもりだったんだ？」

チェイニーはポールの視線を受けとめ、おずおずとほほえんだ。

「腹を立てているのなら、愛しいあなた、どうかそれを隠さないで」

ポールはヘッドボードに頭をもたせかけると、

「このさい、イルーランを遠ざけようか？」と水を向けた。「いまはもう、イルーランの利用価値も小さくなっているしな。今回、修女会発祥の惑星にいってきたことについては、どうもきなくさいものを感じる」

「あなたがイルーランを遠ざけたりなどするものですか」脚のマッサージをつづけながら、チェイニーはいった。淡々とした口調だった。「イルーランは帝国の敵との繋ぎ役だから、その動向を通じて敵の計画が読める――何度もそういってきたじゃないの」

「だったら、なぜいま、イルーランが子供をほしがっているという話をしだす？」

「イルーランを妊娠させれば、わたしたちの敵はとまどうでしょうし、あのひとも以後は弱い立場に置かれると思うの」

脚を揉みほぐす両手の動きから、チェイニーがかなり無理してこのことばを絞りだしたことがわかった。のどもとに熱いものがこみあげてくるのをおぼえ、おだやかな口調で、ポールはいった。

「チェイニー、愛しいチェイニー、イルーランとはけっして臥所《ふしど》をともにしない――そう誓いを立てたことはきみも知っているじゃないか。子供を産ませれば、イルーランは身にあまる権力を手にすることになる。いまの立場を取って代わられてもいいのか？」

「わたしには立場なんてないもの」

「そんなことはないさ、シハーヤ――わが砂漠の泉。なんだって急にイルーランのことを気にしだしたんだ？」

「気にしているのはあなたの安全よ、あのひとのことなんかじゃないわ！　イルーランがアトレイデスの子を産めば、バックについている勢力はあのひとの忠誠に疑いをいだく。わたしたちの敵対勢力がイルーランに向ける信頼度が低くなるほど、その勢力にとっての利用価値も低くなるのよ」

「イルーランに子を産ませれば、きみの命が奪われる恐れが出てくる。宮廷が陰謀渦巻く世界であることはよく知っているはずだ」

ポールはそういって片手を大きく動かし、ふたりがいる〈大天守〉全体を指し示した。

「でも、あなたには跡継ぎが必要だもの！」チェイニーは本音を口にした。

「ああ、なるほど」

そうか……そういうことだったのか。チェイニーはいまだに皇帝の子を産んでいない。したがって、ほかのだれかが産む必要がある。それがイルーランでもいいではないか——チェイニーならそう考えるだろう。そして、懐妊と出産は愛の行為を経たものでなくてはならない。なぜなら、帝国全域において、人工受精はまごうかたなき禁忌であるからだ。だからこそチェイニーは、フレメンならではの現実的判断を下したのだろう。

ポールはこの新たな観点からチェイニーの顔を観察した。この顔は、いろいろな状況で見てきたから、自分自身の顔よりもよく知っている。愛情あふれる柔和な顔、眠っているときの安らかな顔、恐怖、怒り、苦悩がにじんだ顔。

目をつむれば、若々しいチェイニーの姿が脳裏によみがえってきた。かろやかな装いをまとうチェイニー、歌を歌っているチェイニー、となりで目覚めるチェイニー——脳裏にある姿は、どれもこれもこのうえなくリアルで、見ているだけでせつなくなってしまう。

記憶の中でチェイニーがほほえむ……最初のうちはおずおずと。しかし、その顔はやがて、どこかへ逃げだしたがっているかのような険しいものに変化する。

口の中がからからに干あがった。つかのま、荒れはてた未来に立ち昇る黒煙のにおいに鼻孔を刺激された。また別の未来を示す幻視では、こう命じる声が聞こえた……。

〝放りだせ……放りだせ……放りだせ……なにもかも〟

予知能力が観せる無数の啓示は、あまりにも長きにわたって〝永遠〟の端々《はしばし》を断片的に読みとらせ、母語とは異なる言語を耳にさせ、無数の墓碑を提示し、自分のものではない肉体群の声を聞かせてきた。はじめて〝畏《おそ》るべき目的〟と遭遇したあの日以来、ポールはずっと未来を観つづけてきたのだ——どこかに平和な時代が見つかることを祈って。

もちろん、平和へといたる道程はある。具体性に欠けるとはいえ、そこにいたる道程があることは漠然とわかっている。何度となく観《み》て記憶に焼きついている未来——それらはつねに、そこにいたるための道程を厳格に指し示す。

〝……放りだせ、放りだせ、放りだせ……〟

目をあけると、すぐそこに、覚悟を決めたチェイニーの顔があった。脚のマッサージを切りあげて、じっと座している、醇乎《じゅんこ》として醇なるフレメンの姿。帝室の私用区画にいるとき、チェイニーがよく頭に巻いている男子出産婦《ネソーニ》スカーフの下には、いつもの見慣れた顔があった。しかしその顔には、覚悟を決めた表情も宿っていた。これは古くからつづく、ポールには異質な考え方の産物だ。フレメンの女性は、何千年もの長きにわたって男性を共有してきた。かならずしも平和裡に共有できていたとはかぎらないが、共有する習慣が破綻しない程度には、この慣習は機能していたという。フレメンに特有の、この不可解な共有意識が、とうとうチェイニーにも発現したらしい。

ポールはいった。

「ぼくの求める跡継ぎは、きみの産む子供だけだ」

「それを観たの？」口調から、予知で見たのかときいていることがわかった。

これまでに何度も自問してきたように、どうすれば未来予知の微妙さを説明できるものだろう、とポールは思った。未来予知は無数の時間線を識別することではない。目の前に出現する予知の幻視は、波打つ可能性の生地の上でうねるばかりなのである。ためいきをつき、以前、川の水を両手ですくったときのことを思いだした。水は小さく震えながら、指の隙間からどんどんこぼれ落ちていく。そのときは、すくった水に急いで顔をつけた。だが、あまりにも多い啓示の圧力を受け、どんどんおぼろになっていくあまたの未来に、いったいどうやって顔をつけられるというのか。

「すると、観てはいないのね？」チェイニーが念を押した。

その幻視が観せる未来には、もはや接触できない。命をすりへらし、死にものぐるいで臨めば別だろうが……。ポールは自問した。たとえ観えたところで、得られるのは苦しみだけではないのか？　かつてその幻視を観たとき、自分は排他的な中間地帯に——荒涼とした場所にいて、そこでは自分のさまざまな感情が抑えきれない不安定さによって揺らぎ、たゆたい、外へ流れ去っていくように感じられたものだった。

チェイニーがポールの両脚に上掛けをかけ、いった。

「アトレイデス家の跡継ぎ作り——それは運まかせにしていいことではないし、ひとりの女だけに頼っていいことでもないわ」

なんだか母上のいいそうなことだな、とポールは思った。レディ・ジェシカはひそかにチェイニーと連絡を取りあっているのだろうか。母はアトレイデス家を第一にものごとを考える。それは母がベネ・ゲセリットによって刷りこまれ、条件づけられた方針であり、修女会と敵対関係になったいまもその刷りこみは生きている。

ポールは声に険《けん》を含ませた。

「きょう、イルーランがぼくのところへきただろう。あのとき、話を聞いていたね？」

「聞いていたわ」ポールのほうを見ようともせず、チェイニーは答えた。

イルーランとの会見のようすを、ポールは克明に思いだそうとした。帝室専用サロンに入っていったとき、まず目についたのは、チェイニーの織機で織りかけたローブだった。室内には砂蟲《サンドワーム》臭じみた刺激臭が充満しており、その異臭にまぎれて香料《スパイス》のシナモン臭もかすかに嗅ぎとれた。だれかが香料《スパイス》精製油の原液をこぼしたまま放置していったらしい。それも、香料《スパイス》を材料に含んだラグの上に。この組みあわせは最悪だ。香料《スパイス》精製油は香料《スパイス》を含むラグを融かしてしまう。じっさい、模造石《プラストーン》張りの床の上には、油じみたどろどろの塊――ラグの成れの果てがこびりついていた。強烈な刺激臭の原因はこれだったのだ。人を呼んでこの惨状を始末させようと思った矢先、スティルガーの妻でチェイニーのもっとも親しい女友だち、ハラーが入ってきて、イルーランの来訪を告げた。

こんな異臭ただようなかで会わざるをえないとは……。〝悪臭強きは破滅の前触れ〟。そんなフレメンの迷信が頭をよぎる。

ハラーと入れ替わりに、イルーランが入ってきた。

「ようこそ」ポールはおだやかに声をかけた。

イルーランがまとっているのは灰色クジラの毛皮を仕立てたローブだった。その襟元をかきよせ、片手を髪に這わせる。ポールのおだやかな口調にとまどっているのがわかった。予想していたのはきついことばで、自身も開口一番、怒りのことばをたたきつけるつもりだったのだろうが、それはいったん棚上げし、予想外の態度にどう対処しようかと思案をめぐらせているようだ。

ポールはつづけた。

「修女会はとうとう、なけなしの徳義を最後の一滴にいたるまで失ってしまいました――そう報告にきたのかな？」

「そんなにも馬鹿げたことをおっしゃるのは、危険ではないかしら？」

「馬鹿げたことと、危険なこと――うさんくさい組みあわせもあったものだ」

ベネ・ゲセリットに対して背教者となったポールだが、長年におよぶ修練のおかげで、イルーランがきびすを返して出ていきたいとの衝動を抑えているのが感じとれた。そんな衝動による心の乱れが隙を生んだのだろう、表面下に潜んだ恐怖もうかがえる。どうやらイルーランは、気の進まない役目をおおせつかってきたらしい。

「旧帝王家のプリンセスが相手なのに、すこしばかり要求の度合いが過大ではないのか、きみの後ろ盾たちは」

イルーランがぴくりとも動かなくなった。万力で締めつけるかのごとく、自分の心身を完全にロックしたのだ。これはよほどの重荷を背負わされてきたと見えるな、とポールは思った。とはいえ、なぜ自分の予知能力は、このありうべき未来を一瞬でも観せたことがないのだろう？

ゆっくりと、イルーランの緊張がほどけていく。恐怖に屈したところでしかたがない、引きさがってもなんにもならない——そう腹をくくったらしい。

「気象制御をごく原始的レベルにまで落としてらっしゃるのね」イルーランはそういって、ローブごしに両腕をさすった。「きょうの外気は乾燥しているし、砂嵐も起こっているわ。この惑星に雨を降らすおつもりはないの？」

「天気の話をしにきたわけじゃないだろう？」

ポールはそう答えたものの、イルーランのことばには裏の含みがこめられているような感触があった。もしや、修行の誓約でおおっぴらに公言できないなにかを伝えようとしているのだろうか。たぶん、そのとおりだ。ポールはふと、足元の地面が押し流されていくような印象をいだいた。早く堅固な大地に戻らなくては——。

「わたくしはね、子供を産まなくてはならないの」唐突に、イルーランは切りだした。

ポールは大きくかぶりをふってみせた。

「なにがなんでも子供を産みます！」イルーランは声を励ましながら、「必要とあらば、ほかの父親を見つけてでも子供を儲けるわ。あなたは姦婦の夫となって、いい笑いものになるのよ」

「不倫をしたければするがいい。しかし、子供は産ませない」

「どうやってとめるおつもり？」

とろけんばかりの慈愛――それを感じさせる微笑を浮かべて、ポールは答えた。

「きみを絞首刑に処す。もしそんな事態になればな」

つかのま、痺れたような沈黙がたれこめた。その静寂の中、サロンと自分たちの私室を隔てる部厚い掛け布の向こうで、チェイニーが聞き耳を立てているのが感じられた。

「わたくしは、あなたの妃なのですよ」絞りだすような声で、イルーランがいった。

「こういう愚劣なゲームはやめにしようじゃないか。きみはきみの役割を演じている――それだけでしかない。おたがい、わたしの妃がだれかはよく知っているとおりだ」

「そしてわたくしは、あなたにとって都合のいい道具――それだけのものでしかない」

イルーランの声には苦渋が色濃くにじんでいた。

「きみにつらい思いをさせるのは、本意ではないんだがね」

「わたくしを選んだのは――いまの立場に置いたのは、そういうあなたなのですよ？」

「わたしではないさ」ポールは否定した。「選んだのは運命だ。きみのお父上だ。ベネ・ゲセリットだ。航宙ギルドだ。そして連中は、こんどもまたきみを選んだというわけだ。いったいなんの利があってきみを選んだんだろうな、イルーラン？」

「どうしてわたくしが子供を儲けてはいけないの？」

「それはきみが演ずるべき役割ではないからさ。選ばれた目的がちがう」

「皇帝の跡継ぎを産むのは、わたくしの権利であるはずよ！　父上は——」

「あれは人面獣心のたぐいだな、かつてもいまも。おたがい、承知しているように、彼は自分が統治し、保護するはずだった人類全体のことをいっさい考慮してはいなかった」

「父が憎まれていたとしても、あなたほどではなかったのではなくて？」

「いい質問だ」これは肯定の意味である。

答えたのち、ポールは口のはたにかすかな皮肉の笑みを浮かべてみせた。

「さきほど、あなたはいったわね、わたくしにつらい思いをさせるのは本意ではないと。それなのに……」

「だからこそ認めたんだ、好きに愛人を囲っていいと。ただし、その真意をはきちがえてもらってはこまる。愛人を囲うのはかまわない。だが、わが帝室に不義の子を連れこむな。そのような子は絶対に認知しない。きみがどんな男と関係を持とうが文句はいわないとも……きみに分別があるかぎり……そして、子供を儲けないかぎり。しかし、いまの状況できみに子作りを認めるなど、度しがたい大馬鹿のすることだ。念を押しておくが、不倫の自由を野放図に与えられるとは思わないほうがいいぞ。こと帝位に関しては、だれの子が跡継ぎになるかはわたしが決める。ベネ・ゲセリットに口出しはさせない。ギルドにもだ。

わたしはかつて、きみの父君が差し向けてきたサーダカー軍団を、アラキーン宇宙港前の砂原《すなばら》で打ち破った。これはそのとき獲得した特権のひとつだ」

「どうなっても知らなくてよ」

イルーランは身を翻し、足どりも荒くサロンを出ていった……。

ポールは回想を切りあげ、ベッドの端でそばにすわるチェイニーに意識を集中させた。心の中にはイルーランに対して相反する感情がある。それは理解できるし、チェイニーのフレメン特有の覚悟も理解できる。状況さえちがっていれば、チェイニーとイルーランは友人になれていたかもしれない。

「で、結論は？」チェイニーがたずねた。

「イルーランとは子供を作らない」

チェイニーは右手の親指と人差し指で結晶質《クリス》ナイフを示すサインを作ってみせた。

「そういう事態になるかもしれないな」ポールはうなずいた。

「子供をひとり産ませれば、イルーランとの問題も多少は改善される――そんなふうには思わないの？」

「そう思うのは馬鹿だけだ」

「わたしは馬鹿じゃないわよ、愛しいあなた」

思わず、頭に血が昇った。

「きみが馬鹿だなんて、だれもいってないじゃないか！　だけどぼくらはたわごとじみたロマンス小説の話をしているわけじゃない。廊下をいった先に住んでいるのは正真正銘のプリンセスさまだ。帝国宮廷に渦巻く邪悪な権謀術数のただなかで育ってきているんだぞ。企みごとなんてお手のものさ――イルーランが書いているあの愚劣な歴史書、あれと同じくらいに！」

「それほど愚劣なものでもないわよ、愛しいあなた」

「それはそうかもしれないが」ポールは怒りを制御下に置き、チェイニーの手をとった。「すまなかった。とはいえ、あの女は裏でいろいろと画策しているんだ――謀《はかりごと》の上に謀をめぐらして。ひとつでもあの女の要求を呑んだが最後、つぎからつぎへと呑まざるをえなくなる」

おだやかな声で、チェイニーはいった。

「それはいつもわたしが指摘してきたことじゃない？」

「ああ、もちろん、そのとおりだ」ポールはじっと愛妻を見つめた。「だったら、なにをいいたいんだ、ほんとうは？　真意はなんだ？」

チェイニーはとなりに横たわり、ポールの首に頭を寄りそわせた。

「真意はこうよ——敵対勢力はあなたと戦うための方針を決定した。イルーランからは、ひそかになされた決断のにおいがぷんぷんしているわ」

ポールはチェイニーの髪をなでた。

やっとのことで、曖昧さのヴェールを剝ぎとって、本音を口にしてくれたわけだ。

〝畏るべき目的〟が心をよぎり、ポールの精神の中でコリオリの嵐となって荒れ狂った。烈風はポールという存在の枠組内で、金切り声をあげて吹きすさんでいる。彼の肉体は、意識ある状態ではけっして遭遇したことのない、さまざまな状態を知っていた。

「チェイニー、愛しいチェイニー」ささやき声で、ポールはいった。「知ってるかい？ぼくが聖戦《ジハード》に幕を引くべく——聖職省《クィザーリット》に押しつけられたろくでもない神性を切り離すべく——どれほど労力を使ってきたのかを？」

チェイニーは身をわななかせた。

「そんなもの、聖職省《クィザーリット》にひとこと命じればすむことでしょう」

「いいや、無理だ。かりにぼくがいま死んだとしても、聖職省《クィザーリット》はぼくの名前を押し立てて突き進む。アトレイデスの名がいまの宗教的虐殺に結びつけられるのかと思うと……」

「でも、あなたは皇帝じゃないの！　あなたは——」

「ぼくはお飾りでしかないんだ。ひとたび神性が与えられたなら、それはもう、いわゆる神でさえ制御できない」苦い笑いに肩が震えた。予知で観たことのないあまたの帝朝から、未来がこちらをふりかえっているのが感じられる。追放され、泣き叫び、運命の舞台から解放される自分が感じられる。それでも、自分の名のもとに聖戦《ジハード》はつづく。ポールは語をついだ。「ぼくは選ばれた。おそらく、生まれたときに……自分の意志を表明できる齢《とし》になる前に。ぼくは選ばれたんだ」

「だったら、選ばれた立場を脱すればいいのに」

チェイニーの肩にまわした腕に、ポールはぐっと力をこめた。

「そのうちにね、愛しい人。それにはもうすこし時間がかかる」

目頭に熱いものがこみあげてきた。

「わたしたち、タブールの群居洞《シエチ》に戻るべきだわ」チェイニーがいった。「この石作りのテントには、対処しなければならないことが多すぎるもの」

ポールはうなずいた。その動きで、チェイニーの髪を包むスカーフのなめらかな生地にあごが触れた。心なごむ香料《スパイス》臭が鼻孔を満たす。

シエチ。古チャコブサ語の持つ、その元々の意味が頭の中に浮かんできた。これは本来、〝危難の時にあって逃げこむ安全な場所〟の意味なのである。チェイニーの提案を受け、砂漠に戻りたくてしかたがなくなった。広大な砂漠が持つ見通しのよさ、敵が遠くにいるうちからその接近を察知できる明瞭な視認性、あれが懐かしい。

「各部族はムアッディブに群居洞《シエチ》へ帰ってきてほしいと願っているの」チェイニーはそういって頭を持ちあげ、ポールの顔を覗きこんだ。「あなたが属すべき場所はわたしたちのところなのよ」

「いいや、ぼくが属するのは予知の幻視だ」ささやき声になって、ポールは答えた。

そして、聖戦《ジハード》のこと、何パーセクもの宇宙空間を超えて混淆《こんこう》する遺伝子のこと、予知で観た未来、どうすれば聖戦《ジハード》に幕を引けるかを示す未来のことを考えた。そのために必要な代償を、はたして自分は払うべきだろうか。その代償を払えば、すべての憎悪は蒸発する——燃え盛る炎が徐々に衰えていくように。しかし……ああ！　その代償のなんと残酷なことか！

（神になんてなりたくなかった。おれとしては、朝になって採取される夜露の玉のように、このままひっそり消えてしまいたい。信徒や狂信者たちの前から逃げだしたい——たったひとりで……ふっと姿を消してしまいたい）

「タブールの群居洞《シエチ》に戻る？」あらためて、チェイニーがたずねた。

「そうだな」ポールはささやき声で答え、心の中でこう思った。

（やはり、代償を払わねばならないのか……）

チェイニーは深々とためいきをつき、ふたたび頭をおろしてポールに寄りそった。

（……ずいぶん先延ばしにしてしまったが）あらためて、ポールは思った。

顧みれば、自分は愛情と聖戦《ジハード》の狭間にはまりこんで、まったく身動きがとれずにいた。聖戦《ジハード》でおおぜいの命が奪われてきたこと、これからも奪われるであろうことを考えるなら、いくら愛おしくても、たったひとりの命にどれほどの重みがあるというのか。人ひとりの犠牲でおおぜいの命が救われるなら、代償を払うもやむなしではないのか。

「だいじょうぶ？」チェイニーが心配そうに声をかけてきた。

ポールはその唇に手をあてがった。

（やはり、身を引こう）とポールは思った。（まだそれだけの権力があるうちに、いまの地位を捨てて、鳥も知りえぬ空間へ飛びたとう）

そうしたところで意味はない。それはわかっている。聖戦《ジハード》は自分の亡霊のもとで死後も継続されるだろう。

しかし、いかなる形で身を引いたものか。無神経な愚かさをふりかざし、苛酷な重荷を背負わせる狂信者たちに、どういって説明してやればいい？　説明したところで、だれに理解できる？

（盲信する者たちにふりかえり、こういうだけですむなら、どんなにかよかっただろう。

〝あそこだ！　あそこにいる存在ではわたしを繫《つな》ぎとめられない！　よく見ろ！　これでわたしは消える！　どれほど抗《あらが》おうとも、人間が工夫するどのような網をもってしても、もう二度とわたしをつかまえて閉じこめることはできない。わたしはここに、わが宗教を捨てる！　この栄えある瞬間はわたしのものだ！　わたしは自由だ！〟

ああ、なんとむなしいことばか！）

ふいに、チェイニーがいった。

「きのう、〈防嵐壁《ぼうらんへき》〉の麓《ふもと》で大型の砂蟲《サンドワーム》が目撃されたの。全長百メートル以上はあったそうよ。こんなに大型の砂蟲《サンドワーム》がこの地域までやってくることは、めったになくなったわ。砂蟲《サンドワーム》は水をきらうからでしょうね、きっと。目撃者たちにいわせれば、この大型個体は、ムアッディブを砂漠へ呼びもどしにきたんだとか」チェイニーは夫の胸を軽くつねった。「笑っちゃいやよ！」

「笑ったりなんかしないさ」

ポールはフレメン神話の根強さに驚くいっぽう、心臓を締めつけるような感覚とともに、長年にわたって自分を苛《さいな》んできた、ある能力が頭をもたげだすのをおぼえた。アダブ——ベネ・ゲセリットでいうところの〝ひとりでに思いだされる強烈な記憶〟。よみがえってきたのは、惑星カラダン時代の子供部屋だった……石作りの部屋の暗い夜……突如として訪れたあの幻視！　自分がいま思いだしているのは、予知能力が芽生えたばかりのころに観た最初期の幻視のひとつにほかならない。自分の精神がその幻視の中へ飛びこんでいく——そう感じたとたん、記憶にうっすらとかかった霧のとばりを透かして（これは幻視の中の幻視だ）、一列縦隊で行軍していくフレメンたちが観えた。どのフレメンのローブも砂塵にまみれている。一行が行軍しているのは、高々とそそりたつ岩壁に生じた裂け目だ。各人それぞれ、布で包まれた長い荷物を背負っている。

そこでポールは、幻視の中の自分がこういうのを聞いた。

〝とてもすてきだった……でも、いちばんすてきだったのは、きみだ……〟

アダブから解放されたのは、まさにそう口にした瞬間だった。

「ずっと黙りこんでいるけれど」チェイニーがささやいた。「どうしたの？」

ポールは身ぶるいし、上体を起こした。チェイニーと顔を合わせられない。

ふたたび、チェイニーがささやいた。

「砂漠の際《きわ》までいったこと、怒っているのね？」

ポールは無言でかぶりをふった。チェイニーはつづけた。

「あそこへいったのは、子供がほしかったからよ。それだけ」

返答したいのに、どうしても口が動かない。最初期の啓示をもたらした無垢な力により、精神力を残らず奪いとられてしまったかのようだ。畏るべき目的！　あの瞬間、ポールの全人生は鳥が飛びたったあとに揺れる枝も同然となった……そしてその鳥とは、〝機会〟――自由意志だ。

（おれは啓示の誘惑に負けたのか）

誘惑に負けたがために、自分は分岐なき単一コースの人生に固定されてしまったのではないか――そんな気がしてならない。もしや啓示とは、未来を観せるものではないのではないか。じつは啓示が観せたものこそが未来になるのでは？　もしかすると自分の生は、予知能力に覚醒したあのとき以来、その根源に張りめぐらされたクモの巣にひっかかり、身動きもならぬまま、未来というクモの餌食になるのを待っているだけの生かもしれない。そしてそのクモは、こうしているいまこのときも、恐るべき鋏角《きょうかく》の牙を自分に突きたてるべく、じわじわと近づいてきているのではないか……。

それで思いだしたのは、ベネ・ゲセリットのこんな警句だった。

〝無垢なる力をふるえば、より大いなる力に目をつけられ、格好の標的となる〟

「やっぱり怒っているんでしょう？　あそこにいったことを」そういって、チェイニーが腕に手をふれてきた。「各部族が古《いにしえ》の儀式を復活させて、血の生贄《いけにえ》を捧げていることはほんとうよ。でも、わたしはいっさい関与していないわ」

ポールは身をわななかせ、深々と息を吸いこんだ。幻視の奔流は四散し、深く沈潜して凪《なぎ》を迎えた。強い吸引力を持った無数の流れは、いまは手の届かないところにある。

「おねがいよ」チェイニーがいった。「わたしは子供がほしいの、わたしたちの子供がよ。それがそんなに怒ること？」

ポールは自分の腕にふれた愛妻の手をなでてから、そっと腕を引いた。ベッドを降り、発光球を消して、バルコニーに出る戸口へ歩いていき、掛け布を引きあける。深い砂漠も〈大天守〉の中にまで入りこんではこられない。砂漠を感じさせるのはそのにおいだけだ。そう遠くないところには、夜空を背に、のっぺりとした城壁がそそりたつ。城壁の内側に広がる庭園へななめに射しこんでいる月光は、ミハリノキとその広葉、しっとりと濡れた枝葉を照らしだしていた。枝葉の合間には観賞魚池が顔を覗かせて、星の映りこむ水面《みなも》を光らせている。あちこちの影で華やかに咲き誇っているのは、寄せ植えされた白い花々だ。つかのま、ポールはフレメンの視点でこの庭園を眺めた。異質で威圧的で、水を浪費する危険な場所としか思えなかった。

水売りたちのことを考える。ポールが水を潤沢に供給した結果、水売り商売はもう立ちゆかなくなってしまった。水売りたちはさぞ自分を恨んでいることだろう。長年の流儀を過去のものにされてしまったのだから。ほかにもつぶされた職業はある。貴重な水を買うためにあくせく働いてきた者たちも、水の高値にあえぐ必要がなくなったにもかかわらず、古くからの流儀が通用しなくなったことでポールを恨んでいた。ムアッディブが強制する生態学的な変化により、この惑星の風景が変わっていくにつれて、住民の抵抗は強くなるいっぽうだ。惑星全体を作りなおすというのは――あらゆるものの成長について、どこでどう成長させるかを指示するというのは――思いあがりだったのではないか、とポールは思った。かりにこの惑星で成功していたとしても、惑星の外に広がる宇宙では？　変革に対し、当地の住民と同じ恐怖をいだくのではないか？

掛け布をシャッと閉め、換気口も閉じる。闇の中、チェイニーにふりかえった。愛妻がベッドで待ってくれているのが感じられた。チェイニーの首にかかったチェーンに連なる計水環が、巡礼の報謝鈴《ほうしゃれい》のようにチリンチリンと鳴っている。その音を頼りに、手探りで暗闇を進み、こちらに伸ばされていたチェイニーの両腕にたどりついた。

「愛しいあなた」チェイニーがささやきかけてきた。「わたし、苦しめてしまった？」

チェイニーの両腕がポールを抱きしめ、その未来をも抱擁した。

「苦しめたのはきみじゃないよ」とポールは答えた。「そうとも……きみじゃない」

「力場を用いた防御シールドの登場は、兵器テクノロジーに現在のような制約をもたらした。レース銃《ガン》でシールドを撃つと爆発的な相互作用を引き起こし、撃った側にも撃たれた側にも甚大な被害をおよぼすからである。核兵器の特殊な役割については、説明するまでもあるまい。わが帝国内のいかなる領家《りょうけ》も、他の領家の五十以上もの惑星上基地を破壊できるだけの核兵器を保有しており、この事実はたしかに不安材料ではある。とはいえ、どの領家も例外なく、破滅的な報復攻撃を回避する防衛計画を立てており、核兵器の使用を抑制する鍵は航宙ギルドと領主会議《ラーンスロード》がしっかりと押さえている。それよりも懸念されるのは、人間を特殊兵器として開発することのほうだ。それは無限の可能性を秘めた分野であり、いくつかの勢力が兵器開発にあたっている」

――『スティルガーの〈年代記〉』所収、軍大学校におけるムアッディブの講義より

戸口まで出てきた老人は、青に沈む青の目でこちらを見つめた。その双眸《そうぼう》は、あらゆる砂漠の民が反射的によそ者へ向ける猜疑《さいぎ》心のヴェールで被《おお》われている。白い口髭と顎鬚《あごひげ》の隙間には、口の脇に深い皺が覗く。これは苛酷な環境で送ってきた日々に刻まれたものだ。保水スーツは着ていない。そのことは、開かれた玄関扉から屋内の水分が流出する事実を充分承知しているが、あえて開放したままにしているのだぞ、という含意を示していた。

スキュタレーは一礼し、陰謀者同士のみに通じる密会の符丁を示してみせた。

老人の背後のどこか、屋内のどこかからは、三弦楽器《レベック》の嫋々《じょうじょう》たる音色が聞こえている。弾いているのは音楽麻薬《セムータ》に特徴的な無調不協和音だ。老人の立ち姿に、セムータで朦朧《もうろう》としているふしはない。とすれば、セムータに耽溺《たんでき》しているのは屋内にいる別のだれかだ。こんなにも鄙《ひな》びた場所にかくも洗練された堕落が浸透していることが、スキュタレーには意外だった。

「はるかな地より、ごあいさつを申しあげる」

スキュタレーはそういって、この会見のために選んできた、少々扁平な顔をほころばせ

――ふと思った。

(この老人、おれが選んできたこの顔を見知っているのではあるまいか。〈デューン〉に住む古株のフレメンには、たしかダンカン・アイダホを知っている者がいたはずだ)

アイダホの顔を選んできたのは、これもまた一興と判断したからだが、失敗だったかもしれんな、とスキュタレーは思った。もっとも、いまさらこの場で容貌を変えるわけにはいかないが。そんなことを考えながら、背後に延びる小路に警戒の目を向ける。この老人、中に入れてくれる気がないのだろうか。

やっとのことで、老人が口を開いた。

「息子の知りあいか?」

なにはともあれ、これは決められた合言葉のひとつだ。スキュタレーは老人に対応する合言葉を返した。その間《かん》ずっと、周囲に不審な動きはないかと油断なく目を配りつづける。この立地はどうにも落ちつかない。この住宅が建つのは小路のどんづまりだ。この一帯の住宅はみな、聖戦《ジハード》で戦って帰還した在郷フレメン戦士のために建てられたものだという。アラキーンの郊外に設けられたこの住宅街は、ティーマグ地区《プラスメルド》を越えて帝国砂盆にいたる。この小路の左右に建つ家の壁はなんの変哲もない灰褐色の岩性樹脂製で、ところどころに見えている黒い影のような部分はすべて気密扉のはずだ。そこここにはチョークで卑猥《ひわい》なことばが落書きされていた。この家の扉横にも、こんな罵倒が書きつけてあった。

〝性病病みのベリス野郎、アラキスに病気持ちこんで、男の機能なくなった〟

「どこかに仲間がいるのか？」老人はたずねた。

「いいや、ひとりできた」スキュタレーは答えた。

老人は咳ばらいをした。依然として、あのいらだたしい猜疑心をむきだしにしたまま、家に入れるそぶりを見せようとしない。

ここはがまんだぞ、とスキュタレーは自分に言い聞かせた。こうやって戸口でぐずぐず待たされていることには危険がともなうが、たぶんこの老人には、こうした対応をすべきそれなりの理由があるのだろう。しかし、訪問する時間帯はこれでいいはずだ。白っぽい太陽はほぼ天頂にかかっている。この住宅街に住む住民たちは、一日でもっとも暑いこの時間帯を、気密扉の内側にこもり、午睡をとって過ごしているにちがいない。

あるいは、このご老体、先ごろ移り住んできた隣人の目を気にしているのか？　隣家にオシームが住んでいることをスキュタレーは知っている。オシームというのはかの勇猛なフェダイキン——ムアッディブ率いる恐るべき決死コマンドの一員だった人物だ。そしてオシームの家には、触媒役担当の矮人《こびと》、ビジャーズも待機している。

スキュタレーは老人に視線を戻し、左の肩から下は袖だけがだらんとたれていることに気がついた。老人はあえて保水スーツを着ていない。そのうえ、指揮官らしい雰囲気をもただよわせている。聖戦《ジハード》においては、けっしてただの一兵卒ではなかったにちがいない。

「訪問者どのの名をうかがってもよいか？」老人がたずねた。

スキュタレーは安堵の吐息をつきそうになるのをこらえた。結局のところ、受け入れてもらえるようだ。

「ザールという」スキュタレーはこの任務のために与えられた名を名乗った。

「わしはファロク。聖戦《ジハード》で第九軍団の上級大佐《バシャール》を務めておった。この意味がわかるか？」

スキュタレーはそのことばに秘められた威嚇の意図を読みとった。

「タブールの群居洞《シエチ》生まれで、スティルガーに忠誠を誓っていた、ということだな」

ファロクは警戒を解き、一歩脇にどいた。

「わが家に歓迎する」

スキュタレーは老人の横を通り、ほの暗い玄関の間《アトリウム》に足を踏み入れた。床は青いタイル張りで、壁には水晶を象嵌《ぞうがん》した意匠がきらめいている。玄関の間の奥には半透明の天蓋をいただく広間《コートヤード》があった。半透明のフィルターで弱められた陽光は蛋白石《オパール》色の光となって広がり、おだやかな銀光で屋内を照らしている。まるで第一の月の白光で照らされた夜のような雰囲気だ。背後で小路に面した玄関扉がキュッという音を立てて気密枠に密着し、水分の流出を絶った。

「かつてのわれらは誇り高き民だった」ファロクがいって、広間へ導きだした。「断じて〈棄民〉などではなかった。地溝《グラーベン》の村に住んだことはない……こんな場所に住んだことはないのだ！　われらはハバニヤの尾根の北側にそびえる〈防嵐壁《ぼうらんへき》〉にしかるべき群居洞《シエチ》を構えていた。そこからは一度の砂蟲乗り《サンドワーム》でいける距離にカダムが——砂漠があった」

「そこはこんな場所ではなかった、と」

スキュタレーはそういって、うなずいてみせた。なぜファロクが陰謀に加わったのかが、これでわかった。このフレメンは昔日《せきじつ》の生き方、古来の流儀が忘れられないのだ。

ふたりは広間に入った。

ファロクは訪問者への強烈な嫌悪と戦っている。スキュタレーにはそれが見てとれた。全体が〝イバードの青〟に染まった目を持たない者を、フレメンは信用しない。フレメンいわく、

〝外世界人は透徹した目を持たず、見えるはずがないものを見る〟

ふたりが広間に入ると同時に、セムータ音楽がやみ、代わって九弦楽器《バリセット》をつまびく音が響きだした。最初は九弦を押さえるコードだけだったが、やがて楽《がく》の調べに明瞭な歌声が加わった。これはナラージュ星系の各惑星で流行っている歌だ。

目が薄明かりに慣れてくると、右手に置かれた低い長椅子や、その上で蓮華座《れんげざ》を組んだ若者の姿が見えてきた。広間の天蓋を見あげれば、その周囲はアーチ天井で囲まれている。長椅子が置いてあるのは、天井の下、壁際の一画だ。若者の目は左右ともに眼球がなく、そこからぽっかりと空洞になった眼窩が覗いていた。盲人特有の不思議な勘が働いたのか、若者はスキュタレーが目を向けた瞬間に歌を歌いだした。高く甘い歌声だった。

「烈風、大地を吹きとばし
空をも同じく消し去った
すべての人間もろともに！
この烈風は、なにものか？
樹々はまっすぐ聳《そび》え立ち、
人が飲むための水を呑む。
見てきた惑星、数知れず、
見てきた人間、数知れず、
見てきた樹木、数知れず、
まみえた烈風、数知れず」

これはこの歌本来の歌詞ではないな、とスキュタレーは気がついた。ファロクは若者と逆方向へ導いていき、反対端にあるアーチ天井の下までいくと、タイルの床に散らばっているクッションを指し示した。床にはタイルを組みあわせて、海の生物たちがあしらってあった。

「そこに置いてあるクッションは、かつて群居洞《シエチ》でムアッディブがすわっていたものだ」ファロクはそういって、円形で山形をした黒いクッションを指し示した。「それを使え」

「おことばに甘えよう」

スキュタレーは黒いクッションに腰をおろし、微笑を浮かべてみせた。いまの配慮で、ファロクは知恵があるところを見せた。ひそかな意味、ひそかな叛意の含みがこめられた歌を聞きながらムアッディブへの忠誠心を示すとは、なかなかに頭のまわるご仁だ。まあ、あの暴虐帝がふるう恐るべき力はだれにも否定できまい。

歌詞の合間に、韻律を乱すことなくことばをはさんで、ファロクはいった。

「息子の音楽が耳ざわりかね？」

向かいのクッションにすわるようにと、スキュタレーは手ぶりで老人にうながしてから、ひんやりとした柱に背をもたせかけた。

「いや、楽しませてもらっている」

「息子はナラージュ征戦で両目を失ってな」ファロクはいった。「彼《か》の地で治療を受けたあと、そのまま残っておればよかったのだが。わが民族でああなった者を受け入れる女はおらん。もっとも、会うこともできぬわが孫たちがナラージュにいるというのも、奇妙なものではあったろう。ぬしはナラージュの各惑星を見たことがあるか、ザールよ？」

「若い時分、仲間たちと訪ねたことがある。仲間の踊面術士《フェイスダンサー》たちとともに」

「そうか、ぬしは踊面術士《フェイスダンサー》であったか。どうにもその顔が気になっておったのだ。むかしよく知っていた男を思いださせるのでな」

「ダンカン・アイダホか？」

「その男だ、うむ。皇帝の領家《りょうけ》に仕える剣聖だった」

「あの男は殺されたと聞くが」

「そういう話になってはおるがな。で、ぬしのほんとうの性別は男か？　踊面術士《フェイスダンサー》の話はいろいろ聞いておる。なんでも……」

　そこまでいって、ファロクは肩をすくめた。

「われわれはジャダーシャ系統の両性具有者なんだ」スキュタレーは答えた。「どちらの性も思いのままさ。いまは男になっている」

ファロクは思案顔で唇をすぼめ、いった。

「なにか持ってこさせるか。水はどうだ？　冷やした果物は？」

「話をするだけで充分だよ」

「客の望みは命令に等しい」

ファロクはそういって、スキュタレーと向かいあうクッションに腰をおろした。

スキュタレーは祝福を捧げた。

「アブドゥールに祝福あれ、〈果てしなき時道《ときみち》の父〉に」

そして、心の中でこう思った。

（これでよし！　いまのではっきり伝わったはずだ、おれがギルドの操舵士のところからきたことや、操舵士の対予知隠蔽能力で保護されていることが）

「三重の祝福を」ファロクが応じ、ひざの上で儀式的に両手を組み合わせた。

よく見ると、それは年老いて、ひどく血管の浮き出た手だった。

スキュタレーは切りだした。

「対象を遠くから見ただけでは、基本的な性質しかわからないものでな」

これは〝皇帝の住む堅固な〈大天守《キープ》〉について話を聞きたい〟とのほのめかしだ。

「暗雲まといし邪悪なるものは、どの距離から見ても邪悪の本質が知れる」

ファロクのこの答えは、〝そういう話をするにはまだ早い〟とほのめかすものだった。

（なぜだ？）とスキュタレーは思ったものの、口に出してはこういった。

「ご子息は、どのような経緯《けいい》で目を？」

「ナラージュの防衛軍が岩石昇華発破《ストーン・バーナー》を使いおったのだ。息子の位置は爆心地に近すぎた。あれも核爆弾の一種にほかならん、いまいましい！　掘削用の岩石昇華発破といえども、非合法化すべきではないか」

「あれは核兵器禁止法の抜け穴を利用したものだからな」スキュタレーは同意し、思った。

（ナラージュで岩石昇華発破だと！　そんな話は初耳だ。しかし、この老人、なぜここでそれを口にする？）

「ぬしの師父《マスター》たちから〈トレイラクスの目〉を買おう、と息子に持ちかけはしたのだが」

ファロクはつづけた。「フレメン軍団の中には、〈トレイラクスの目〉が装着者を奴隷化するとのうわさがあってな。息子はこういうのだよ、あの目は金属製だが、自分は生身だ、生身と金属の合一は罪深いことにちがいない、と」

スキュタレーは再度、対象の件を口にした。

「対象の基本的性質は、本来の意図に見あうものでなければならない」

これは求める情報へと会話を引きもどすためのせりふだった。

ファロクは口を引き結んだものの、とにもかくにも、うなずいた。

「ぼかすことなく、望みを話せ。ぬしの操舵士が持つ隠蔽能力は信用せずばなるまい」

「皇帝の〈大天守〉に入ったことは？」スキュタレーは切りだした。

「モリトール征戦の祝勝会で訪ねたことがある。総石作りで、イクス製でも最高級の宇宙空間用ヒーターが備えつけられていたというのに、えらく寒かった。祝勝会の前夜には、〈アリアの大聖堂〉のテラスで眠ったものだ。〈大天守〉の敷地内には、知ってのとおり、樹木が多い。それも多数の惑星から持ちこまれてきた多様な樹木がな。われら上級大佐《バシャール》は、いちばん上等の緑ローブで正装し、廷臣たちから離れたテーブルについておった。それはもう、ずいぶんと飲み食いしたものさ。ただし、祝勝会では心痛む光景も目にしている。どうにか歩行のできる負傷者たちが、松葉杖をついて参加しておったのだ。自分がいかにおおぜいの傷痍《しょうい》戦士を出したか、われらのムアッディブが知っているとはとても思えぬ」

「では、祝勝会には不満があったと？」

スキュタレーがこれをきいたのは、フレメンの同心饗宴《タウ》では、香料《スパイス》ビールがきっかけで場が荒れることを知っていたからである。

「あれは群居洞《シエチ》における魂の交歓とは別物だった。狂騒的一体感《タウ》もない。娯《たの》しみといえば奴隷の娘たちだけ――あとは戦闘と戦傷の話をするのがせいぜいだった」

「ともあれ、あなたはあの巨大な石造建築の中に入った」

「うむ。やがてテラスにいるわれらのもとへムアッディブが現われた」ファロクはいった。「そのとき口にしたことばは、〝われら一同に幸あれ〟。あんな場所で砂漠のあいさつをしおって！」

「皇帝の私用区画がどこにあるかはごぞんじか？」

「奥深くだよ。内奥部のどこかにある。ムアッディブとチェイニーは遊動《ゆうどう》暮らしを送っていると聞いた――ただし、〈大天守〉の中だけでな。会衆に顔を見せるときは大広間まで出てくる。謁見室や公式の会議室もいくつかずつあったか。一翼はまるごとムアッディブ直属の衛士隊に割り当てられていた。そこには儀式用の部屋や奥まった通信区画もあった。大要塞の地下深くにも部屋があって、ムアッディブはそこに成長を阻害させた矮形《わいけい》の蟲《ワーム》を飼っているとも聞いたな。蟲《ワーム》の周囲には濠がめぐらせてあって、蟲《ワーム》にとっては猛毒の水が張ってあるそうだ。ムアッディブはそこで未来を読むという」

（神話と事実がごっちゃになっているな）とスキュタレーは思った。

「政府の役人どもは、ムアッディブのいくところ、どこにでもついてまわる」ファロクは呻くような声でつづけた。「廷吏、随員、随員の随員。ムアッディブは昔日《せきじつ》の側近だった者しか信用しない。スティルガーがいい例だ」

「あなたはちがった」

「わしの存在など、とうに忘れられておるだろう」

「皇帝が〈大天守〉に出入りするときは、どのような手段で？」

「内城壁に小さな発着ポートがせりだしておる。そこから羽ばたき機《ソプター》で出入りするんだ。着陸するさい、皇帝はけっして余人に操縦桿を握らせぬという。ポートへの着陸は至難の業で、ちょっとした計算ミスでも切りたった城壁に激突し、ろくでもない庭園のひとつに落下してしまう——と、そういわれておる」

スキュタレーはうなずいた。この説明は信用してもいい。そのような形で、空路でのみ、皇帝の居住区に出入りするのであれば、それなりのセキュリティにもなるにちがいない。

アトレイデス家の者はみな優秀なパイロットでもあることだし。

「加えて、神経刻印機《ディストランス》を使ったメッセージの媒介には人間を使う。人間をな」ファロクはつづけた。「神経に刻印されたメッセージを相手に伝えるには、体内に音声波長変換器を植えこまねばならん。だが、人間の声は自分自身の声を伝えるべきものだ。自分の音声に隠された他者のメッセージを伝えるものであってはならん」

スキュタレーは肩をすくめた。当節、どの大勢力も神経刻印機《ディストランス》を用いている。送信者と受信者のあいだのどこで盗聴されるか、わかったものではないからだ。神経刻印機《ディストランス》による暗号は、政府機関レベルの高度な技術をもってしても解読できない。暗号手法は自然音声パターンの微妙な歪みに依拠しており、とてつもなく複雑なスクランブルをかけることで、第三者による復号を不可能にする。

「ムアッディブのもとでは、徴税吏さえこの方法を用いおる」ファロクは不満をかこった。「わしの現役時代、神経刻印機《ディストランス》で暗号を刻印する対象は、コウモリや鳥にかぎられていたものだというのに」

スキュタレーは思った。

（とはいえ、税収情報は秘匿しておかざるをえないしな。国庫の実態が公称以上に大きい――それが民衆にばれて倒れた政府は、ひとつやふたつではない）

「フレメンの同朋はムアッディブの聖戦《ジハード》をどう思っているんだ？」スキュタレーは問いをつづけた。「自分たちの皇帝が神に祭りあげられることに反対してはいないのか？」

「大半の者は、そんなことなど考えてもおらん。かつてのわしと同じ目で聖戦《ジハード》を見ておる。ほとんどの者がそうだ。あれは源泉だった――新奇な経験、冒険、財産のな。わしが住むこの地溝《グラーベン》の陋屋《ろうおく》は――」ファロクはそういって、広間全体を指し示した。「――香料《スパイス》六十リーダ分の値段だった。じつに九十コンタールだ！　かつてのわしには、自分がこれほど裕福になるなど、想像もできんかったわい」

ファロクはことばを切り、かぶりをふった。

おりしも、広間の向こう側で、盲人の若者が九弦楽器《バリセット》をつまびき、愛のバラッドを弾きはじめた。

（九十コンタールか）とスキュタレーは思った。（奇妙な話だ。九十コンタールといえばとんでもない大金だぞ。これがほかの惑星なら宮殿だって建てられる。しかし、すべては相対的なものでしかない――コンタールといえどもな。ファロクにしても、たとえばいま口にした香料計量単位《リーダ》の起源を承知しているのか？　かつてはラクダ一頭に積める香料《スパイス》が一・五コンタールだったことを考えたことがあるのか？　まあ、ないだろう。ファロクはそもそも、地球の黄金時代に棲息していたラクダのことさえ知らないにちがいない）

息子が弾くメロディーと妙にリズムを合わせて、ファロクはいった。

「以前のわしは、ひとふりの結晶質《クリス》ナイフを所有していた。十リットルを計量できるほど多数の計水環も持っていた。父からは槍一本、コーヒーセット一式、群居洞《シエチ》のだれひとり憶えていないほど古くから伝わる赤いガラス瓶一本を受け継いだ。香料《スパイス》の取り分もあった。金銭こそなかったが、それでもわしは裕福だったのだ、そうと知らなかっただけで。妻はふたりいた。ひとりは地味で気のいい女だった。もうひとりは馬鹿で強情ながら、天使のからだと顔容《かんばせ》を持っていた。わしはフレメンの指導者《ナイーブ》であり、砂乗りであり、大型砂蟲《レヴィアタン》と砂漠を駕御《がぎょ》する者であった」

広間の向こうで息子が奏でるメロディーに熱がこもった。

「わしはたくさんのことを知っていた。考えるまでもなく頭に浮かんでくる。たくさんのことがな」ファロクはつづけた。「われらが砂漠の地下深くにある水のことも知っていた。その水が〈小産砂《こうぶすな》〉によって地下に蓄えられていたこともだ。さらには、わが祖先たちがシャイー＝フルードへの生贄に乙女を捧げていたことも知っていた。リエト＝カインズがきて、その風習をやめさせられはしたが……あれをやめたのはまちがいだったな。わしは蟲《ワーム》の口腔の中にきらめく宝石を見たことがある。わが魂の中には四つの門があり、わしはそのすべてを知っている」

そこまでいって、ファロクはことばを切り、考えこんだ顔になった。

スキュタレーは先をうながした。

「そこへあのアトレイデスがやってきた──魔女の母親とともに」

「あのアトレイデスがやってきおった」ファロクはうなずいた。「われらが群居洞《シエチ》では、わが隊のつけた隠し名、ウスールで呼ばれていた男──われらがムアッディブ、われらが救世主《マフディー》どのがな！　ムアッディブが砂漠の外に向けた聖戦《ジハード》を呼びかけたとき、わしはこう問うた者のひとりだった。〝なぜわしが砂漠の外にまで戦いに赴かねばならぬ？　わしの親族はおらぬではないか〟。しかし、ほかの者たちは出向いた——若人たち、友人たち、子供時代からの仲間たちが。帰還した者たちは、魔法のような力、救世主アトレイデスの力を讃えた。アトレイデスはわれらが敵のハルコンネンと戦った、われらの惑星に楽園を約束したリエト＝カインズもアトレイデスを祝福した、このアトレイデスはわれらの世とわれらの宇宙を変革するためにやってきた、あの方こそは闇夜に黄金の花を咲かせる者だ——みな口々にそういってあの男を誉め讃えた」

ファロクは両手を顔の前に持ちあげ、手の平をじっと見つめた。

「みなは第二の月を指さしてこういった——〝彼《か》の方の魂はあそこにある〟と。ゆえに、アトレイデスはムアッディブと呼ばれた。わしはそういったことについてまったく理解に苦しんだ」

両手を降ろし、広間ごしに息子を眺めやる。

「わしの思念は頭の中にない。思念があるのは心だ。腹の中、腰の中だ」

ふたたび九弦楽器《バリセット》のテンポが激しくなってきた。

「わしがなぜ惑星外の聖戦《ジハード》に加わったか、知っておるか？」老人はひたとスキュタレーに視線をすえた。「外地には海なるものがあると聞いたからだ。砂丘のみに囲まれたこの地しか知らぬ者にとり、海とはまったくもって信じがたいものだった。ここには海がない。

〈デューン〉の民は海なるものを見たことも聞いたこともなかった。たしかにわれらには導風器がある。それを活用して、リエト＝カインズから約束された大いなる変革のため、こつこつと水を集めてもおった……。だが、その大いなる変革を、ムアッディブは片手のひとふりで実現しつつある。灌漑用水路《カナート》なら――砂漠を貫いて水を通すあの無蓋水路なら、わしにも想像はできた。その想像をもとにして、わが精神は川なるものを思い描くこともできた。しかし、海とな？」

ファロクは広間の上にかかった半透明の天蓋を見あげた――あたかも、そのはるか上に広がる宇宙を一望しようとするかのように。

「海はな」低い声で、ファロクは語をついだ。「わが精神の想像力を大きく超えていた。ところがわしの知己たちは、海なる驚異をその目で見たという。それは嘘だと思ったが、嘘かどうかは自分の目でたしかめねばならん。それが聖戦《ジハード》に加わった理由だ」

若者が最後にもういちど、九弦楽器《バリセット》で力強くコードを奏でてから、つぎの曲に移った。こんどのは奇妙にうねるようなリズムをともなう曲だった。

「で、あんたはその目で海を見たのかね？」スキュタレーはたずねた。

ファロクは黙したまま答えなかった。聞いていないようだな、とスキュタレーは思った。周囲に満ちた九弦楽器《バリセット》の調べが、潮の満ち干のように、高く低く、うねりをくりかえす。

ファロクはそのリズムに合わせて呼吸している。

「……沈みゆく夕陽を見た」ややあって、ファロクはいった。「一流の画家が描いたかのような、それはそれは美しい日没だった。さっきいったガラス瓶を思わせる真っ赤な色だ。加えて、金色も……青も含む。あれは現地人がエンファイルと呼ぶ惑星でのことだった。彼《か》の地でわしが率いる軍団は勝利を収めた。夕陽が見えたのは、水分豊かな空気の中で、山道を通りぬけた直後のことだ。息をするのも忘れるほど荘厳な光景であったよ。そして夕陽の下には――わが友人たちから聞かされていたものが広がっていた。目の届くかぎり、どこまでもつづく大水界だ。わしらはその汀《みぎわ》まで行軍していった。ひとまず海に踏みこみ、水を口に含んでみた。しょっぱくて、たちまち気持ちが悪くなった。しかし、あのときの驚きはいまも忘れられん」

いつしかスキュタレーも、老人の畏怖を分かち合っていた。

「つぎにわしは、海に飛びこんだ」ファロクはつづけた。「その目が見おろしているのは、タイルで床に描かれた海の生物たちだった。「ある男は海中に潜り……ほかの男は潜っていた海の中から飛びだしてきた。経験したことのない過去を思いだしているかのような、そんな気分だったよ。そのときわしは、どんなものでも……さよう、どんなものでも受け入れられる目で周囲を見まわした。海にはひとつ死体が浮かんでいた。それはわれわれが殺した防衛軍の兵士だった。近くでは大きな浮木《ふぼく》も波に揺れていた。巨木の一部だった。目をつむれば、いまもその浮木がまぶたに浮かぶ。浮木の一端は炎で黒焦げになっていた。海面には一枚、布もただよっていた——布というより、それは黄色いぼろきれだった——ずたずたになった、汚れたぼろきれだった。そういったものすべてを目に収めて、わしはやっと、それらが集まってきた意味を悟った。それはわしの蒙《もう》を啓《ひら》くためであったのだ」

ファロクはゆっくりと顔を上にあげ、スキュタレーの目を見すえて締めくくった。

「宇宙はな、いまだ成熟してはおらんのだよ」

（この老人、くどくどとよくしゃべる——が、深い）

スキュタレーはそう思い、口に出してはこういった。

「よほど強烈な印象を受けたと見える」

「ぬしはトレイラクス会の者だ」ファロクはいった。「さぞかしたくさんの海を見てきたことだろう。わしが見た海はそのひとつしかない。だが、海についてぬしも知らんことを、わしはひとつ知っておる」

スキュタレーはわれにもなく、奇妙な胸騒ぎをかきたてられた。

ファロクは先をつづけた。

「それは〈混沌の母〉が海で生まれたということだ。わしがしずくをしたたらせて海からあがってみると、そばにひとりの聖　職　者《クィザーラ・タフウィード》が立っていた。その男は海に入っておらず、砂の上に……ただし、濡れた砂の上に……立ちつくしていた。周囲にはわしの部下たちも何人かいて、その男と同様、顔に恐怖の表情を浮かべていたのを憶えておる。男はわしをじっと見つめていた。男を拒絶したなにかをわしが学びえたこと――それに気づいている眼差しだった。わしはいわば海の生きものと化しており、その男に脅威を感じさせる存在だったのだ。海はわしの、聖戦《ジハード》で受けた心の傷を癒した。男はそれを看破したのだろう」

ふと、スキュタレーは気づいた――この長広舌のどこかで、楽《がく》の音《ね》がやんでいたことに。九弦楽器《バリセット》の調べが途絶えた時点で気づかなかったとは……なんたる不覚。

演奏の切れ目を回想の切りあげどきと判断したのか、ファロクはこういった。

「門はすべて厳重に警備されておる。皇帝の〈大天守〉に侵入するすべはない」

「そこが弱点でもある」とスキュタレーはいった。

ファロクは伸びあがるようにしてスキュタレーを見つめた。

「入る方法はちゃんとあるのさ」スキュタレーは説明した。「できれば皇帝本人も侵入は不可能と思っていてほしいものだが――たいていの人間は〈大天守〉に侵入する方法などないと思いこんでいる。そこが付け目だ」

スキュタレーは唇をこすった。自分が選んできた造作だというのに、妙に違和感がある。

演奏が止まっているのが気になった。ファロクの息子は楽曲に乗せてずっとメッセージを送っていたのか？　演奏がやんだということは、それが完了したということか？　当然、そう見なすべきだろう。あの楽の音《がくね》には圧縮されたメッセージが乗せられていた。それはスキュタレーの神経系に刻印され、自身の副腎皮質に植えこまれている神経刻印機《ディストランス》により、適切なタイミングで復号されると見ていい。伝達が完了したのなら、いまの自分は内容の知れないメッセージの運搬媒体だ。あふれんばかりのデータの容《い》れ物と化した自分には、ここアラキスにおける陰謀の全貌、関係者全員の名前、あらゆる合言葉——重要な情報のすべてが詰まっているにちがいない。

この情報さえあれば、一味はアラキスとも渡りあい、砂蟲《サンドワーム》を捕獲し、ムアッディブの威令がおよばないところで香料《スパイス》メランジの生成をはじめられる。メランジの独占を破り、ムアッディブを打ち破れる。この情報によって、じつにさまざまなことが可能になるのだ。

「ここには例の女もいる」ファロクがいった。「いま見ておきたいか？」

「すでに見ている」スキュタレーは答えた。「じっくり観察したよ。いまはどこに？」

ファロクが指を鳴らした。

それに応えて息子が三弦楽器《レベック》を手にとり、演奏用の弓をあてがった。三弦から、むせび泣くようなセムータ音楽が流れだす。その調べに引きよせられたかのように、息子のすぐうしろの戸口に青いローブを着た若い女が現われた。音楽麻薬中毒でとろんとした目は、眼球全体が〝イバードの青〟に染まっている。これはフレメンの女だ。すでに香料《スパイス》中毒に染まっているうえ、このうえさらに外世界の音楽麻薬にも染まってしまったわけか。娘の意識はセムータの奥深くに沈んで自我を失い、音楽のエクスタシーにたゆたっていることだろう。

「オシームの娘だ、隣家のな」ファロクがいった。「息子がセムータ漬けにした。盲《めしい》でも仕えてくれる同朋の女を勝ちとれればと期待してのことだったが、見てのとおり、残念な勝利となった。セムータは息子が得ようとした希望までも奪ってしまったのだ」

「娘の父親はこのことを知らないのか？」

「娘自身、自分が置かれている状況がわかっておらん。息子が与えた偽の記憶で、本人は自分の意志でここにいるつもりでおる。息子を愛していると思っておるのさ。娘の家族もそう信じこんでいる。息子があんなからだであることに憤ってはいるが、だからといって干渉したりはせん」

音楽が絶え入るようにやんだ。

息子が合図すると、娘はそのそばに腰をおろし、息子に顔を近づけ、そのささやき声に耳をかたむけた。

ファロクがたずねた。

「あの娘をどうする気だ？」

ここでふたたび、スキュタレーは広間を見まわした。

「この家に、ほかに人は？」

「ここにいる者ですべてだ。あの娘をどうするつもりなのか、まだ聞かされておらんぞ。息子が知りたがっておるのだが」

それに答えようとするかのように、スキュタレーは右腕を伸ばした。即座に、ローブの袖からきらめく毒針が飛びだし、老人の首に突き刺さった。叫び声もない。表情の変化もない。一分もすればファロクは死ぬ。それでいて、微動だにせず座したままでいるのは、速効性の毒によって身動きひとつできないからだ。

スキュタレーはゆっくりと立ちあがり、盲いた息子のもとへ歩いていった。若者はまだ娘になにごとかをささやきつづけている。その首筋に、こんどもまた毒針を見舞った。

ついで、娘の腕をとり、立ちあがるよう、やさしい声でうながすと、娘がこちらを見るひまを与えず、瞬時に自分の顔を変容させた。立ちあがった娘はスキュタレーの顔に目を向け、たずねた。

「どうしたの、フ、フ、フ、ファロク？」

「息子は疲れたと見える。休ませてやらねばならん」スキュタレーは答えた。「きなさい。裏口から出よう」

「せっかく有意義な話をしていたのに。あのひと、とうとう〈トレイラクスの目〉を導入することに納得してくれたのよ。これでまた元のようになるわ」

「何度もわしが受け合ってきただろう？」

スキュタレーはそういって、娘を奥の間へいくようにうながした。

誇らしい気持ちとともに、スキュタレーは思った。この声は完璧に、この顔の主の声だ。だれがどう聞いても、あの老フレメンの声に聞こえるにちがいない。その老フレメンは、すでにもう死んでいる。

スキュタレーは吐息をつき、自分に言い聞かせた。ふたりには同情を禁じえない。だが、これもやむをえまい。あのふたりとて、危険は承知のうえだっただろう。

さて……つぎはこの娘の出番だ。

帝国というものは、創成期のうちは、たとえ空虚なものであろうとも、目的さえあればよい。しかし、帝国がひとたび権勢を確立すれば、当初の目的は失われ、意味のない儀式に取って代わられてしまう。

――プリンセス・イルーラン
『ムアッディブのことば』より

きょうの帝国枢密院は荒れそうね、とアリアは思った。険悪な雰囲気がたれこめており、エネルギーが蓄積されていくのが感じられる。チェイニーを見ようともしないイルーラン、ピリピリしたようすで書類をめくっているスティルガー、聖職者《クィザーラ》のコルバに渋面を向けているポール。

アリアは黄金作りの会議卓に歩みより、末席についた。この席からなら、バルコニーの窓ごしに外が見える。午後の陽光は砂塵で陰りを帯びていた。

アリアが入室したことでポールへの具申を中断したコルバは、ふたたび奏上をはじめた。

「つまりでございますな、臣《しん》が申しあげたきは、わが君《ム・ロード》、外地にはもはや、かつてほどに多数の神は存在しないということでございます」

アリアは思わず頭をのけぞらせ、声を立てて笑った。そのしぐさで、黒い寛衣《アバ》ローブのフードがうしろにずり落ち、素顔があらわになった。青に沈む青の〝香料の目《スパイス・アイ》〟、母親に似た卵形の顔と赤褐色の髪、小さな鼻、横に大きい寛大そうな口。

コルバが顔を紅潮させ、着ているオレンジ色のローブそっくりの色になった。ぎろりとアリアをにらみつける。禿頭《とくとう》のしなびた老人が、頭から湯気を立てて怒っている図だ。

コルバがきつい口調で問いかけてきた。

「兄上さまについて、いかなる風評が立っているか、ご承知ですか」

「あなたの聖職省《クィザーリット》について、いかなる風評が立っているかはご承知よ」アリアはコルバに切り返した。「あれは聖職者の集団ではない、神のスパイ集団だと、もっぱらの評判ね」

コルバは助け船を求めるようにちらとポールを見てから、アリアに答えた。

「われわれはムアッディブの勅令で派遣されているのです。皇帝たるもの、臣民の実態を知っておかねばならぬ、臣民に皇帝の真実を知らしめねばならぬ——それがム・ロードのご意志でありますれば」

「やっぱりスパイじゃないの」

コルバは唇をすぼめ、むっとした顔で黙りこんだ。

ポールは妹に目を向け、なぜこうもコルバを挑発するのだろうといぶかしみ――そこではっと気がついた。アリアはいつしか成人しかけている。少女時代を脱したばかりの若人らしく、怖いもの知らずの純粋さを放射する妹は、まぶしいほどに美しい。この瞬間まで、そのことに気づきもしなかった自分にポールは驚いた。アリアはいま十五歳――もうじき十六歳になる。母ならざる教母、乙女の司祭女、迷信深い民衆にとって畏るべき崇拝対象――それが〈ナイフのアリア〉だ。

イルーランがポールに苦言を述べた。

「時と場所を考えてほしいものですわね。ここはあなたの妹が気まぐれに顔を出してよいところではないのですよ」

ポールは苦言を無視し、コルバにあごをしゃくった。

「広場に巡礼があふれている。おまえが代理でバルコニーに出て祈りを主導しろ」

「そう申されましても、巡礼はあなたさまのお姿を求めておりますので、ム・ロード」

「ターバンを巻いていけ。遠目にはわかるまい」

コルバはしぶしぶのていで立ちあがり、命令を果たしにバルコニーへ歩きだした。

イルーランはそのようすを見送りながら、皇帝に無視されたことへのいらだちを抑えた。エドリック操舵士の能力をもってしても、アリアからは自分の言動を隠せなかったのではないか——そんな不安が、ふと頭をもたげたからだ。

(この妹のことを、わたくしたちはちゃんとわかっていない)

いっぽうチェイニーは、ひざの上で組んだ手に力をこめ、会議卓ごしにスティルガーを見つめていた。スティルガーは彼女の伯父であり、ポールの下で宰相を担う人物だ。このフレメンの老指導者《ナイーブ》、ほんとうは砂漠の群居洞《シエチ》でもっと素朴な生活を送りたかったのではないだろうか。黒髪の際にはだいぶ白いものが混じっているが、濃い眉の下に光る双眸《そうぼう》は、いまなお遠くのものを識別する鋭い視力を失っていない。まさに野生のワシにも劣らない視力だ。顎鬚《あごひげ》にはいまも、保水スーツ暮らしには欠かせない鼻孔《ノーズ》チューブの窪みが残っている。このチューブは鼻から出る呼気の水分を回収するためのものだ。

おりしも、姪に見られているとは知らぬまま、スティルガーが視線を感じとり、だれが見ているのかとけげんな表情で顔をあげ、室内を見まわした。その目がバルコニーの窓に、そして外のバルコニーに立つコルバにとまった。まさにそのとき、コルバが両手を左右に広げ、やや斜め上に突きだし、巡礼を祝福するポーズをとった。と同時に、午後の太陽のいたずらで、コルバが背にした窓ガラスに真っ赤な光暈《こううん》が宿り、スティルガーの目には、一瞬、宮廷聖職者《クィザーラ》が炎の輪に囲まれた十字架で磔《はりつけ》にされているように見えた。コルバが両手を降ろすとともに、そんな錯覚は消えうせたが、異様な光景が心にもたらした動揺は去らなかった。その動揺は、謁見の間で媚を売ろうと手ぐすね引いている嘆願者どもへのいらだちに移り変わり、さらには、ムアッディブの帝座を取りまく見さげはてた虚飾への憤懣《ふんまん》に変化した。

皇帝のひざもとに侍《はべ》りつつ、皇帝に過失があった場合や過ちを犯した場合に備えて注意深く見まもる——それは不敬なことかもしれないが、必要なことに思える。

ふいに、巡礼たちの遠いざわめきが会議室に侵入してきた。コルバが扉を開いて室内に戻ってきたのだ。そのうしろで、バルコニーの扉が鈍い音を立てて気密枠に密着し、外の騒音を締めだした。

ポールは聖職者《クィザーラ》を目で追った。すぐ左側の席にすわったコルバは、顔が浅黒く、目にはぎらぎらと狂信的な光をたたえている。いまこの瞬間、宗教的権力者の立場を楽しんでもいるようだ。

そのコルバが報告した。

「霊位の高まりを感じましてございます」

「せいぜい神に感謝することね」これはアリアだ。

コルバがむっとして唇を引き結んだ。

ポールはふたたび妹を見つめ、この挑発ぶりを奇異に感じて、首をひねった。怖いもの知らずのこの態度は表面上のものでしかない。アリアは自分と同様、ベネ・ゲセリットの人類血統改良計画で生まれた存在なのだから。〈クウィサッツ・ハデラック〉の遺伝子はアリアの中になにを発現させた？　ポールとアリアのあいだには、つねに謎めいた差異があった。母ジェシカが教母となるために、〈命の水〉を——死にゆく砂蟲《サンドワーム》の液体排泄物、すなわちメランジの原液を飲んだのは、アリアが胎内にいたときのことである。かくして、母親と胎内の娘とは、〈命の水〉によって同時に教母となった。しかし、同時に変化したからといって、同じものに変化するとはかぎらない。

胎内での経験を、アリアはこのように語っている。

〝畏るべき瞬間、自分は唐突に覚醒して意識を持ち、それとともに、母親が同調していた数かぎりない他者の人生が、記憶となって心になだれこんできた〟

「わたしはかあさまであると同時に、ほかのすべての人間でもあったの」かつてアリアはそういったことがある。「わたしはまだ未完成の胎児だったけれど、そのときその時点において、老婆でもあったのよ」

アリアがほほえみかけてきた。ポールがなにを考えているか察したのだろう。ポールは表情をやわらげた。

(コルバが相手では、だれであれ、皮肉混じりのユーモアを投げかけたくもなるだろうな。決死コマンド変じて聖職者となる——これ以上のお笑いぐさがあるだろうか)

スティルガーが書類の束をとんとんとたたき、ポールに水を向けた。

「畏れながら、ム・ロード、急を要する案件がいくつかございます」

「ひとつはテュパリ条約の件だな？」

「航宙ギルドは依然として、テュパリ協商《アンターント》に属する惑星の座標を明かさぬまま、条約にご調印ねがいたいと主張しています。領主会議《ラーンスロード》の委員たちからも一定の支持を取りつけている状況です」

「こちらからはどのような圧力をかけているの？」イルーランがたずねた。

「わが皇帝陛下がこの交渉に関して指示なさった圧力を」とスティルガーは答えた。

丁重ながら、木で鼻をくくったようなこの返答は、皇帝の正妃《プリンセス・コンソート》に対するスティルガーの不信感を如実に表わすものだった。

イルーランはポールに顔を向け、いやでも無視できない形で語りかけた。

「わが君《マイ・ロード》にして、婿どの」

(チェイニーの前で肩書きの差を強調するとはな)とポールは思った。(弱い女だ)

このような場合、ポールとしては、イルーランに対するスティルガーの嫌悪を共有し、きつい対応をするのがつねだが、このときばかりは憐れみが怒りを抑えた。イルーランはしょせん、ベネ・ゲセリットの手駒でしかない。

「なにかな?」ポールは答えた。

イルーランは正面からポールを見つめて、

「このさい、ギルドに対するメランジの供給を絶ってはいかがかしら……」

チェイニーが首を左右にふった。だめだという意思表示だ。

「この件には慎重な対応を要する」ポールは答えた。「惑星テュパリは敗北した大領家《だいりょうけ》の聖域だ。われらが臣下である全領家にとって最後の拠《よ》りどころ、最終的安全が保障される地にほかならない。聖域の座標を明かせばその安全が脅かされる——向こうは当然、そう考えるだろう」

「ですが、おおぜいの人間を隠せるということは、ほかのものをもいろいろ隠せるということでもあります」スティルガーが低い声で言上した。「軍隊を隠せるかもしれません。あるいは、メランジ培養の試験施設をも。それについては——」

アリアは思わず口を出した。

「あまり敗残者を追いつめないほうがいいわ。牙を抜いたままにしておきたいのならね」

いってすぐに、心の中で悔やんだ。予想どおり、論争に巻きこまれてしまったからだ。

イルーランがいった。

「では、十年間も無益な交渉をつづけてきたということになりますわね？」

「にいさまの行動には、なにひとつ無駄なものなんてないわ」アリアは切り返した。

イルーランが関節の皮膚が白くなるほど強く筆記具を握りしめ、深呼吸をしはじめた。

ポールはそのようすから、イルーランがベネ・ゲセリットの〈観法〉に則《のっと》り、心の内奥を見すえ、感情を制御しようとしていることに気がついた。冷静に、冷静に、とくりかえす心の声が聞こえてきそうだ。

ややあって、イルーランは問いかけた。

「では、わたくしたちが得たものは？」

「ギルドの影響力低下よ」答えたのはチェイニーだった。

「いくつもの敵対勢力と真っ向から対決する強硬姿勢は避けなくてはね」アリアがいった。

「こちらもとくに敵を殺したいわけではないんだし。すでにもう、アトレイデスの旗印のもとに大量の血が流されているんだから」

（やはり感じていたか）とポールは思った。奇妙な話ではあった。兄妹ともに、暴力的で偶像崇拝が荒れ狂う宇宙に対し、その静謐《せいひつ》さと荒々しさがもたらすエクスタシーも含めて、なんと重い責任を感じていることか。(われわれは、わが信徒たちを信徒自身から護ってやらねばならないのか？　信徒たちは一瞬一瞬を虚《うつ》ろなもので浪費している。むなしい生、むなしいことばで。信徒たちはあまりにも多くをおれに求めすぎる)

のどを塞がれるような気分に陥った。信徒たちが得たであろう機会を、自分はどれほど多く奪うことになるのだろう？　どれほど多くの息子たちを？　どれほど多くの夢を？

その損失とは、自分の幻視が観せたあんなにも大きな代償に値するものか？　はるか遠い未来に生きる者たちに問いかけて、〝ムアッディブがいなかったら、おまえたちはここにいなかったのだぞ〟と告げるのは、いったいだれの役目になる？

「ギルドへのメランジ供給を絶ったところで、なんの解決にもならないわ」チェイニーがいった。「そんなことをすれば、ギルドの航宙士たちは時空を読む能力を失ってしまう。あなたのベネ・ゲセリットの修女たちだって、読真《どくしん》能力を失ってしまうでしょう。本来の寿命より早く死ぬ者も出てくるはずよ。星間通信網だってずたずたになるわ。その責めはだれが負うの？」

「ギルドがそんな事態にさせるものですか」とイルーラン。

「そうかしら？」チェイニーは問いを重ねた。「そうならないはずがあって？　それに、そんな事態になったからといって、だれにギルドを責められるの？　ギルドはね、完全に無力化されてしまうのよ？」

ポールはここで判断を下した。

「当該条約には現行の条文のまま調印するものとする」

「ム・ロード」じっと手元を見つめたまま、スティルガーがいった。「われわれはみな、心中にひとつの疑問をいだいております」

「どんな疑問だ？」ポールは老フレメンに全神経を注いだ。

「ム・ロードは……さまざまなお力をお持ちです。そのお力で、ギルドの抵抗を押しのけ、協商の位置を特定することはできないものでしょうか？」

（力か！）とポールは思った。

単刀直入な表現を控えてはいるが、要するに、スティルガーはこういいたいのだ。

〝ム・ロードは予知能力をお持ちです。そのお力で未来を探り、テュパリにいたる道程を見いだせないでしょうか？〟

ポールは黄金で作った会議卓の天板に視線を落とした。問題の本質はいつまでたっても変わらない。未来予知には限界があることを、どう説明すればいいのだろう。予知能力が持つ自然の運命、断片化のことを口にしてみようか？　だが、香料《スパイス》による予知の揺らぎを経験したことのない人間に、局所的時空や固有の視覚ベクトル、統一のとれた知覚情報を持たない意識を、どうやって理解させられるだろう。

アリアを見やった。イルーランに注意を向けている。ポールの視線に気づき、アリアはちらりと兄に視線を向け、イルーランにあごをしゃくってみせた。ああ、そうか。ここでどんな答えを出そうと、それはかならずイルーランがベネ・ゲセリットへ送る特別報告にしたためられる。修女会はけっして、自分たちの〈クウィサッツ・ハデラック〉に対する答えの探求をあきらめることはない。

とはいえ、スティルガーに対しては、なんらかの答えを与えてやらなくてはならない。それをいうなら、イルーランに対してもだ。

「身をもって予知を経験したことのない者は、この能力を自然律に準じるものとして理解しがちだが」ポールは顔の前で両手の指先を触れあわせ、尖り屋根の形を作った。「この能力はむしろ、〝天が人に語りかける声〟と見なすのが適切だ。未来を読む能力は、人が人たることによる調和のとれた行為にほかならない。いいかえれば、予知とは〝現在〟という寄せ波がたどりつく自然な帰結なのだ。知ってのとおり、予知は自然な体裁をとる。しかし、予知という能力は、なんらかの目的や意図を持って用いることはできない。波に揺れる木片が、自分が漂着する先を知れるだろうか。予知に表われる啓示は因果律を欠く。

原因とは対流と合流の機会、いくつもの流れが出会う場所だ。予知を受け入れれば、人は知性が自然と反発をいだく概念で満たされる。ゆえに、知性ある意識は予知を拒絶する。拒絶すればその知性は予知過程の一部に取りこまれ、その過程に圧倒されてしまう」

「つまり、テュパリの座標はたどれぬとおっしゃるので？」スティルガーがたずねた。

「かりに予知能力でテュパリを探そうとしても——」ポールのこのことばはイルーランに向けられたものだった。「いま話した理由で、テュパリは見つけられないかもしれない」

「わけがわかりません！」イルーランは反駁《はんばく》した。「そんなもの、まったく……まったく……整合性を欠くではありませんか」

「自然律に準じるものではない——いましがた、そういっただろう」

「それでは、あなたがその力で観えること為《な》すことには、限界があるとおっしゃるの？」

ポールが答えるよりも早く、アリアが口をはさんだ。

「親愛なるイルーラン正妃殿下。予知能力にはね、限界なんていうものは存在しないの。整合性を欠くですって？　整合性は宇宙に不可欠の要素じゃないのよ」

「けれど、ム・ロードは……」

「いくらにいさまでも、限界がないものの限界について、どうすれば明快に説明できるというの？　境界や限界は知性のおよばないものなのに」

（アリアめ、よけいなことを）とポールは思った。

これでイルーランは警戒するだろう。なにしろ、注意深い観察を旨とする意識に重きを置き、明確な限界から得られる価値に頼りきっているのがベネ・ゲセリットなのだから。

ここでポールはコルバに目を向けた。コルバは宗教的夢想に浸っているかのような――魂の声にでも耳をすましているかのような態度ですわっている。この聖職者《クイザーラ》は、ここでのやりとりをどう利用するつもりだろう？　またしても宗教的な神秘に仕立てあげる気か？　畏怖をかきたてるなにかに？　まちがいなく、そうするだろう。

「では、現行のまま調印なさるのですな？」スティルガーが水を向けた。

ポールはほほえんだ。未来予知に関するやりとりは、この問いかけから判断するかぎり、スティルガーの中では落着したと見える。スティルガーは勝利だけを求める男で、真理の究明には興味を持たない。平和、正義、確固たる通貨制度――スティルガーの宇宙を安定させるのはそういう種類のものだ。この男は目に見えるたしかな現実のみを宇宙に求める――たとえば条約への調印のように。

「うむ、現状のままで調印する」ポールは答えた。

それを受けて、スティルガーはつぎのフォルダーを取りあげた。

「イクス星区の司令官が現地から報告してきた最新情勢によりますと、帝国憲法の制定を求める動きが見られるとのことです」

老フレメンはちらりとチェイニーを見た。チェイニーは肩をすくめた。

しばらく目をつむり、両手を額にあて、記憶の定着に努めていたイルーランが、これを機にまぶたを開き、まじまじとポールを見つめた。

「イクス連合は降伏を申し出てきておりますが」スティルガーは先をつづけた。「先方の停戦交渉者たちは、帝国の税が重すぎる旨を訴えておりまして、憲法の話を――」

「わが帝国の意志に合法的な枷《かせ》をはめようというわけか？」ポールはいった。「わたしに制約を課そうともくろむのは何者だ？　領主会議《ラーンスロード》か？　CHOAM《チヨーム》か？」

スティルガーは同じフォルダーから、耐熱紙に記された文書を抜きだした。

「CHOAM《チヨーム》に潜入しているエージェントのひとりが、ある小委員会で合意された内容を伝達してきました」スティルガーはそう前置きして、文書に記された暗号文を淡々と読みあげた。「〝権力を独占せんとする皇帝の野望には歯止めをかけねばならん。野望阻止のためには、あのアトレイデスの実像を暴露し、あの男が領主会議《ラーンスロード》の制定法、宗教上の懲罰、官僚の効率化、この三つの名目のもとに、どれだけ暴虐を働いてきたかを知らしむ必要がある」

「そこで帝国憲法制定、と」チェイニーがつぶやいた。

ポールはチェイニーをちらと見てから、スティルガーに視線をもどした。

(こうして聖戦《ジハード》は勢いを失っていく。だが、おれが救われるほど早くは終焉《しゅうえん》を迎えない)

そう思ったとたん、心がこわばるのをおぼえた。まぶたに浮かんだのは、聖戦《ジハード》の光景とおぼしき最初期の幻視群と、それらを観たときに味わった恐怖、そして嫌悪だ。もちろんいままでは、もっとすさまじい恐怖に満ちた幻視をたくさん観ている。現実の暴力の中をも生きぬいてきた。自分のフレメン軍団が宗教戦争において神秘的な力を発揮し、行く手にあるものをことごとく平らげていくさまも目にしてきた。それらを経て、聖戦《ジハード》には新たな未来が観えるようになっている。もちろんその未来は、時間的には有限の——永遠の中にあっては利那の——火花のごとき啓示でしかないが、その啓示の向こうには、過去に観たどんな恐怖をもはるかに凌駕する、凄惨きわまりない光景が広がっていた。

(あのすべてが、おれの名のもとに……)

「このさい、憲法めいたものを与えてはどう?」チェイニーが提案した。「かならずしも実効のある憲法である必要はないでしょう?」

「欺瞞は政治活動の道具ですものね」これはイルーランだ。

「権力には限界がある。憲法に期待する者がかならず気づくようにな」ポールはいった。

うやうやしげな態度を装っていたコルバが、ここですっと背筋を伸ばし、

「ム・ロード？」と声をかけてきた。

「なんだ？」ポールは答え、心の中でこう思った。

（食いついてきたか！　架空の法による支配をひそかに期するやからが、ここにもいる）

「手はじめに、宗教上の憲法を制定されてはいかがでございましょう」コルバは提案した。

「信徒たちの行動を律すべく――」

「ならん！」ポールは一喝した。「これから述べることは枢密院勅令とする。書記として、わが言を脳内に記録しているな、イルーラン？」

「しています、ム・ロード」

そう答えたものの、イルーランの声はひややかだった。役人がなすべき仕事をポールに押しつけられて、内心、不快に思っているのだ。

「憲法なるものは究極の暴政を招く」ポールはつづけた。「憲法は大々的に組織化された権力にほかならず、抗しえぬ力を有する。憲法は社会権力の結集であり、良心を持たぬ。憲法は富裕者と貧窮者の別なく臣民を押しつぶし、あらゆる尊厳と個性を奪いうる。その均衡点は不安定で、限度というものを知らぬ。それに対して、余は限度を知る者である。わが人民に究極の保護を与えんとの願いから、余はここに憲法を厳に禁ずるものである。枢密院勅令、日付は本日、以降に必要な情報を添付せよ」

「税に対するイクス連合の懸念はいかがなさいます？」スティルガーがたずねた。

ポールは仏頂面で考えこんでいるコルバから視線を引きはがし、

「腹案があるのだな、スティル？」と問うた。

「税の根幹は押さえておかねばなりますまい、陛下」

ポールはうなずき、答えた。

「テュパリ条約調印に対する見返りとして、ギルドに汗をかいてもらうとしよう。イクス連合に働きかけ、帝国への納税を認めさせる。ギルドの輸送母船なくして、連合は交易ができないから、いやでも支払うはずだ」

「それで申し分ありません、ム・ロード」スティルガーは別のフォルダーを取りだすと、咳ばらいをした。「つづきまして、在サルーサ・セクンドゥス聖職省《クィザーリット》の者より報告です。イルーランさまのお父君が麾下の軍団に降下訓練をさせておられる由」

イルーランは左の手の平に常ならぬ反応をおぼえた。頸動脈がうずいているのだ。

「イルーラン」ポールはいった。「これでもまだ、父君の一個軍団は玩具でしかない、といいはるつもりか？」

「たったの一個軍団で、父になにができると思われるのです？」

イルーランは反問し、すっと目を細めてポールを凝視した。

「自殺行為をしていると思われるのよ」ポールに代わってチェイニーが答えた。

ポールはうなずいた。

「その結果への非難はこちらにまわってくるのだぞ」

「聖戦《ジハード》に出征している指揮官に何人か心あたりがあるわ」アリアが横からことばを添えた。

「このことを知ったら、激昂して攻めかかっていきそうな連中の心あたりがね」

「けれど、父の軍団は警察力でしかないのよ！」イルーランが抗議した。

「警察力に降下訓練の必要はない」ポールはいった。「次回、父君にささやかなる通信を送るさいには、父君の微妙な立場に対するわたしの見解について、率直かつ明快な意見を伝えるよう勧める」

イルーランは目を伏せ、答えた。

「かしこまりました、ム・ロード。それで落着するよう期待しています。父も我を折ってくれることでしょう」

「心配しなくとも、妹はいま口にした指揮官たちにメッセージを送ったりはしないさ——わたしの命令がないかぎりはな」

「父を攻撃することには、表面的な軍事行動にとどまらない危険をともないます。いまや帝国の民は、それなりの郷愁を持って父の治世を懐かしみだしているのですよ？」

「あなたね——いつの日か、一線を越えてしまうわよ」

チェイニーの声には、フレメンならではの慄然とする苛烈さがこめられていた。

「そのへんにしておけ！」ポールは命じた。

命じると同時に、心の中でイルーランの口から出た思いもよらないことばを検討する。民衆が郷愁にとらわれだしているだと？——いま、この時期にか！　そこには真実らしき響きがある。今回もまたイルーランは役にたつことを証明してくれた。

「ベネ・ゲセリットが正式の嘆願書を送ってきております」つぎのフォルダーを取りだしながら、スティルガーが報告した。「ム・ロードの血統を保存する件について、ぜひともご相談いたしたいとのこと」

チェイニーは横目でちらりとフォルダーを見た。その中に恐るべき武器でも収められているかのような眼差しだった。

「修女会にはいつもの弁明を送っておけ」ポールは命じた。

「どうしても却下なさるとおっしゃるの？」イルーランが問いかけた。

「たぶん……そろそろこの話をするべき頃合いね」チェイニーがいった。

ポールは左右に鋭く首をふった。これはまだ払うと決めていない代償の一部だ。一同にそれを知られてはならない。

だが、チェイニーは引きさがらなかった。

「これまで、自分が生まれたタブールの群居洞《シエチ》を訪ねて、祈りの壁に祈願したりもしたわ。医師たちにも相談したし。砂漠でひざまずいたこともあれば、シャイー＝フルードが棲む奥砂漠へ願掛けにいったこともある。それでも――」チェイニーは肩をすくめた。「――なんの成果もあがらなかった」

（科学と迷信。その両方で失意を味わってきたわけか）とポールは思った。（おれもまたチェイニーに失意を味わわせているんだろうか――アトレイデス家の跡継ぎを産むことがないに、なにを早めるのか、いまだ話さずにいることで）

顔をあげると、アリアの目に同情の色が浮かんでいた。妹に同情されるのも癪《しゃく》にさわる話ではある。もしやアリアも、あの恐ろしい未来を観たのだろうか。

「ム・ロードにおかれては、嫡子なき帝国におよぶ危険をもっとご認識いただきたいものですわね」イルーランがここぞとばかりに、ベネ・ゲセリット仕込みの音声で働きかけ、ことば巧みに説得力ある訴えを行なった。「こういったことがらは、通常は議論しにくいものですが、それでもこうした公の場で議論しなければなりません。皇帝は並の人間ではないのです。その偉容は帝国を導くもの。そうした立場におられる皇帝が、跡継ぎもなく身罷《みまか》られようものなら、かならず内乱を招くでしょう。臣民を愛しておられるのでしたら、そのような状態を放置して逝くわけにはいかないのではありませんか」

ポールは会議卓に手をつき、すっと立ちあがると、バルコニーの窓まで歩いていった。城壁外のあちこちで立ち昇る帝都の炊煙《すいえん》が強風を受けてたなびいている。暗くなってきた銀青色の空が、〈防嵐壁《ぼうらんへき》〉の向こう側から運ばれてくる夕べの降砂にはばまれ、ぼうっとけぶっていた。南の断層崖《だんそうがい》を眺めやる。あの断崖に連なる辺縁壁《へんえんへき》は、自分が統べる惑星の一部を——あそこから北に広がる土地を——コリオリの嵐から護ってくれている。だが、自分の心の平安を護ってくれる壁は、どこにも見つかりはしない。

枢密顧問官たちは、うしろで静かに待っている。皇帝がいまにも怒りを爆発させそうな気配を感じとっているのだろう。

〈時〉が押し寄せてくるのを感じとったポールは、懸命に自分を御し、さまざまな要素が均衡する静穏な状態へ導こうと努めた。そこでなら新たな未来が形成されるかもしれない。

（放りだせ……放りだせ……放りだせ）あの声がまたも浮かんできた。

チェイニーを連れて、あとはなにもかも放りだし、テュパリの聖域に逃げこむか。だが、そんなまねをしたところで、ムアッディブの名は残る。むしろ聖戦《ジハード》は、いっそう恐ろしい中核を新たに発見し、いっそう激しく燃え盛ることだろう。結局、その場合も非難の的になるのは自分だ。新たな予知に手を伸ばし、きわめて重要な未来の啓示を観るのが、急に恐ろしくなった。自分がほんのささやかなノイズを発するだけで、可能性の宇宙は過敏に反応し、崩壊し、後退し、わずかな未来の断片すら見えなくなってしまう恐れがある。

窓外を見おろせば、下の広場は巡礼たちの待機所と化していた。聖なる旅《ハッジュ》用の緑と白のローブを着た一団が、悠然と先頭を歩くアラキーン生まれのガイドにつづいて乱れた列をなし、蛇行していく。ああも多数の巡礼が集まっている以上、すでに謁見の間は嘆願者で埋めつくされていることだろう。それにしても、巡礼か！　定住することなき聖地巡りは、ポールの帝国にとって忌むべき富の源泉となっている。聖なる旅《ハッジュ》のおかげで、宇宙航路はいつも宗教放浪者であふれかえっているありさまだ。巡礼たちはあとからあとからやってくる。ひっきりなしにやってくる。

ポールは自問した。

（どうして自分にそれほどの流れを生みだすことができたのだろう）

もちろん、自分から働きかけたわけではない。気づいたらこうなっていた。このような流れを生みだす力の源泉は、人間ひとりの短い生のために何世紀も費やされ、営々と組みあげられてきた、遺伝子組成にある。

心の底に宿った宗教的本能の命じるままに、この地で生まれ変わることを求めて、巡礼たちは訪ねてくる。聖なる旅の終着点はここだ。〝アラキスすなわち、再誕を迎える場所、死すべき場所〟。

斜にかまえた老フレメンなどは、巡礼がきてくれるのはありがたい、やつらの身体から水がとれて助かる、などと放言するが……。

巡礼がほんとうに求めているものはなんだろう？　巡礼たちは聖地を訪ねてきたという。しかし、彼らも当然、宇宙にエデンの園などは存在しない、魂にとってのテュパリなどは存在しえないと知っているはずだ。巡礼たちはアラキスのことを、ありとあらゆる神秘が解明される未知の惑星と呼ぶ。それは彼らの宇宙と来世の宇宙をつなぐ絆にほかならない。そして恐ろしいことに、巡礼たちの一部は、この地で満足して死んでいくように見える。

ポールはふたたび自問した。

（巡礼たちはここでなにを見つけるのだろう）

宗教的法悦境に溺れるあまり、彼らは口々に怪鳥《けちょう》のような声を発して通りにあふれだすことがめずらしくない。じっさい、そんな巡礼たちをフレメンは〝渡り鳥〟と呼んでいる。そして、ここで死ぬ少数の者たちについては、〝翼の生えた魂〟と。

ポールは嘆息し、自分の軍団が新たにひとつの惑星を征服するたびに、そこが新たなる巡礼の供給源となっている現状を考えた。巡礼たちは、〝ムアッディブの平和〟に対する感謝の気持ちからこの惑星を訪ねてくるのだ。

（いまや、いたるところに平和がある。いたるところに……ただし、ムアッディブの心の中を除いて）

自分自身のなんらかの要素が、凜冽《りんれつ》たる無窮の薄闇に横たわっているように感じられる。ポールの予知能力は全人類が持つ宇宙のイメージを一変させた。安全な宇宙に揺さぶりをかけ、治安を聖戦《ジハード》で塗りつぶしてしまった。ポールは人類宇宙に対して優勢に戦いを進め、先まわりして思考をめぐらし、敵対者の動きを予測して、早手まわしに手を打ってきた。にもかかわらず、宇宙は巧みにこちらの力を回避しきるにちがいない。そんな確信が心を満たす。

足元にあるこの惑星は生きている。ポールが環境改造によって砂の惑星から水の豊かな楽園にせよと命じたこの惑星は生きている。どんな人間のそれにも劣らぬ、力強い脈動がある。この惑星はポールと戦い、抵抗し、その指示をすりぬけていく……。

だれかに手を握られた。見おろすと、チェイニーが下からポールの顔を覗きこんでいた。目に心配そうな色を浮かべている。その目でポールを見て、心中を摂水《りかい》したチェイニーは、こうささやきかけてきた。

「どうか、愛するあなた。自分の霊魂《ルーフ》と戦わないで」

チェイニーの手から温かい想いが流れこんできた。元気づけてくれているのだ。

「愛しい女《シハーヤ》」ポールはささやいた。

「わたしたち、早く砂漠へいかなくてはね」低い声で、チェイニーはうながした。

ぎゅっとチェイニーの手を握りしめてから、ポールはその手を放し、会議卓にもどると、立ったまま一同を見まわした。

チェイニーが席につく。

イルーランは口を引き結び、スティルガーの前に詰まれた書類の束を見つめている。

「イルーランは帝国の跡継ぎの母になりたいと申し出ている」イルーランを見つめながら、ポールは切りだした。いったんチェイニーに目をやり、またイルーランへと視線を戻す。

イルーランは視線を合わせようとしない。「ここにいる者はみな、イルーランがわたしに愛情をいだいていないことを知っている」

イルーランがぴたりと動きをとめた。

「そこに政治的な議論があることは承知しているが」ポールは先をつづけた。「懸念しているのは人間的な議論のほうだ。もしも皇帝の正妃《プリンセス・コンソート》がベネ・ゲセリットの指示に縛られていなければ、そして彼女の申し出が個人的権力を得んがためのものでなければ、わたしの反応はまったくちがったものになっていただろう。しかし、実態に鑑《かんが》みて、この申し出は拒否するほかない」

イルーランは全身をわななかせ、大きく吐息をついた。

ポールはふたたび席に腰をおろし、イルーランがこれほど自制を失うところを見るのははじめてだなと思いながら、右横に身を乗りだして正妃に語りかけた。

「イルーラン——非常に残念ではある」

イルーランはあごをつきだし、目に純粋な怒りを燃えあがらせて、

「あなたの同情など無用です！」と、吐き捨てるようにいった。ついで、スティルガーに顔を向けて、「ほかに急を要する検討事項はあって？」

ポールに視線をすえたまま、スティルガーは帝妃にではなく、皇帝に答えた。

「もうひとつあります、ム・ロード。航宙ギルドがまたしても、アラキスに正規の大使を置きたいと申し出てきました」

反応したのはコルバだった。その声には狂信者じみた嫌悪感が露骨ににじんでいた。

「星間宇宙に巣食いおる、あやつらのひとりをか？」

「おそらくはな」スティルガーは応じた。

「これは細心の注意を払ってご勘案いただく事案ですぞ、ム・ロード」コルバが進言した。

「現状では、指導者評議会《ナイーブ》が歓迎しようはずもなく。ギルドマンの実物をこのアラキスに駐留させるなど、もってのほかでございましょう。あやつらが触れれば、大地そのものが

汚染されてしまうのですからな」

ポールは意図的に、声にいらだちを含ませた。

「ギルドマンが重力中和タンクの外に出ることはない。地面に触れることもない」

「場合によっては、指導者《ナイーブ》たちがみずから実力行使に出かねません、ム・ロード」

ポールはじっとコルバを見つめた。

「つまるところ、一同はみなフレメンなのです、ム・ロード」コルバはゆずらなかった。

「われらはようく憶えておりますとも、ギルドがわれわれを抑圧する者どもを送りこんでいたことを。そして、けっして忘れてはおりません、あやつらが香料《スパイス》の売値を引きさげろ、さもなくばおまえたちの秘密を敵にばらすと脅迫してきたことを。あやつらは取り引きのたびにわれらを搾取し――」

「もうよい！」ポールはぴしゃりといった。「そのような過去を忘れるとでも思うのか？このわたしが？」

たったいま、自分のことばが持つ含みに気づいたのか、コルバはしどろもどろになった。

それから、

「ム・ロード、どうかお赦しを……あなたさまがフレメンではないなどと申したわけではございません。臣はただ……」

「ギルドが送りこんでくるのは操舵士だ」ポールはいった。「危険があることを予知してなおここにくるのは、操舵士らしからぬ行動だが……」

ここでイルーランが問いかけた。突然の恐怖で、口の中がからからになっている。

「あなた、まさか……操舵士がここにくるところを観たのですか？」

「むろん、操舵士を観てはいない」イルーランが強調した部分をまねて、ポールは答えた。「しかし、操舵士がどこにいたのか、どこへいくのかは観える。ギルドには操舵士を派遣させてやれ。おそらく、そういった者にも使い道はあるだろう」

「では、そのように」スティルガーが答えた。

かたやイルーランは、抑えきれない笑みを片手で隠し、こう思った。

(では、ほんとうだったのね。われらが皇帝には操舵士が観えない――。皇帝も操舵士も、おたがい、相手の存在が観えないんだわ。これなら陰謀を気どられずにすむ)

「ここにふたたび、ドラマがはじまる」

——獅子帝位の戴冠式における
ポール・ムアッディブのことば

アリアは隠し窓から、謁見の間にぞくぞくと入ってくるギルド使節団を観察していた。側廊上部にはずらりと採光用の高窓《クリアストーリ》が並び、そこから射しこんでくる真昼の強い銀光が、床に敷きつめられた緑色、青色、淡黄色のタイルを照らしている。タイルが描きだすのは水辺の植物が青々と茂る入江で、エキゾチックな色彩のタイルがところどころに描くのは、鳥や動物の姿だ。

そのタイルが織りなす模様の上を、奇妙な密林の中で獲物に忍びよるハンターのように、ギルドマンたちがそっと移動してきた。灰色、黒、オレンジ色、さまざまな色のローブをまとったギルドマンが作る列は、一見、ランダムのようだ。使節団の中心に位置するのは透明な重力中和タンクで、その内部に充満するオレンジ色の気体中には、ひとりの操舵士／大使が泳いでいた。タンクは本体に内蔵の懸架フィールドに乗ってすべっており、灰色ローブの随員二名に引かれてくるようすには、船渠《ドック》へと曳航されてくる直方体の船という趣《おもむき》がある。

アリアの位置から見て真下には、床から高くそびえる台座の上に獅子帝座が設置され、そこにポールがすわっていた。頭には魚と拳の紋章をあしらった典礼用冠——現帝朝用に新しくデザインされた冠をかぶり、正装として宝石をちりばめた金色の儀式服を着用している。全身を包んできらめいているのは個人用の防御シールドだ。台座の左右には警衛の衛士隊が連なり、台座の下の手前側にも、帝座にあがる陛《きざはし》の両脇に衛士たちが居並ぶ。スティルガーはポールの右手側、帝座から二段下の段上に立ち、白いローブを身につけ、ベルト代わりに黄色いひもを巻いていた。

兄妹ならではの共感を通じて、アリアにはわかった。いまこのとき、ポールの心中にも、自分が味わっているのと同じ種類の興奮が渦巻いているはずだ。もっとも兄のほうには、アリアの心中を察する余裕などないだろう。その視線はオレンジ色のローブを着た随員のひとりにひたとすえられていたからである。その随員の眼窩にはめこまれた金属の眼球は、右も左も見ていない。随員はまるで軍の騎馬隊員のように、大使使節団の最前列、右端に位置している。やや扁平な顔といい、くせの強い黒髪といい、オレンジ色のローブの下に覗く肢体といい、どの特徴をとっても、よく見知った人物のそれと変わらない。

ダンカン・アイダホだ。

ダンカン・アイダホであるはずがないのに、これはまぎれもなく当人だった。

母が体内の香料《スパイス》を変質させたさい、子宮の中でアリアが獲得した記憶によれば、これはあの人物にまちがいない。リハーニ解析により、どれほど装いを変えていても識別できる。アリアにはポールの反応が手にとるようにわかった。ポールはいま、食いいるようにあの人物を見つめているはずだ——長年におよぶ個人的なつきあい、感謝の思い、少年時代の交流などを脳裏によみがえらせながら。

これはダンカンにちがいない。

アリアはぶるっと身ぶるいした。この事態を説明できる答えはたったひとつしかない。あれがトレイラクス会の偶人《ゴウラ》——本人の死体から復活させられた存在だということである。ダンカン本人はポールを救おうとして命を落とした。だとしたら、あれは変生胎《アホロートル》タンクの産物ということになる。

偶人《ゴウラ》は剣聖らしく、用心深い足運びで近づいてきた。ほどなく、宙に浮かんで滑走する大使のタンクが陛《きざはし》の十歩ほど手前で停止すると、それに合わせて偶人《ゴウラ》も足をとめた。

身に滲《し》みついて離れないベネ・ゲセリットの〈観法〉により、アリアはポールの動揺を読みとることができた。にいさまはもう、過去の記憶に照らしてダンカンを見てはいない。いま現在の偶人《ゴウラ》を見ている。いや、見ているというより、全神経を注いで検分しているというほうが正しい。

すっかりこわばった筋肉を動かして、ポールはギルド大使に声をかけた。

「貴下はエドリックという名だと聞いた。わが宮廷に歓迎する。この会見がわれら双方にとって新たな理解の幕開けになるとよいのだがな」

オレンジ色の気体の中にゆったりと浮かび、くつろいだ姿勢をとったままで、操舵士は一錠、メランジのカプセルを口に放りこむと、ようやくポールと目を合わせた。タンクの一角の上には小型スピーカーが宙に浮いて旋回しており、それが咳《せ》きこむような音を再生したかと思うと、かすれぎみの単調な声を響かせた。

「わが皇帝陛下に畏《かしこ》み申しあげる。ギルドより託されてきたわが信任状をここに提出し、ささやかな贈り物を献上するご聖可を賜りたい」

随員のひとりが進み出てきて、陛に歩みより、一巻の書状をスティルガーに手わたした。スティルガーが眉根を寄せて書状の内容をあらためため、ポールにうなずきかける。つづいて、スティルガーもポールも、陛の下で辛抱づよく待つ偶人《ゴウラ》に顔を向けた。

エドリックがいった。

「わが皇帝陛下におかれては、贈り物を認識されたごようす」

「貴下の信任状を受領して欣快《きんかい》に思う」ポールは応じた。「つぎは、その贈り物とやらについて説明ねがおうか」

エドリックはタンクの中で身をひねり、偶人《ゴウラ》に向きなおった。

「これなるは、ヘイトと呼ばれる者」

エドリックはそういって綴りを口にし、先をつづけた。

「われわれの調査員たちによれば、この者ははなはだ興味深い経歴を持つ人物でしてな。アラキスで殺され……発見されたときには頭部に著しい損傷を受けており、蘇生するのに何カ月をも要したとか。遺体は剣聖の亡骸《なきがら》として——すなわち、ギナーズ剣士養成学校の誇る達人の亡骸として——ベネ・トレイラクスに売却された由。それが貴家の信頼も厚き家臣、ダンカン・アイダホにまちがいないと気づいたのは、われわれギルドの者なれば、こうして皇帝たる方にふさわしい贈り物として買いとってきたしだい」

エドリックは下からすくいあげるような目でポールを見あげた。

「これはアイダホではありませんかな、陛下？」

ポールの声には抑制と警戒が聞きとれた。

「アイダホの顔立ちを具《そな》えてはいる」

(にいさまは、わたしが気づいていないなにかに気づいているの?)とアリアは思った。

(いいえ、まちがいないわ! その男はダンカンよ!)

ヘイトと呼ばれた男は、いっさい反応を見せず、金属の目をまっすぐ前に向けたまま、とくに緊張したようすもなく佇立《ちょりつ》している。自分が話題になっていることに気づいているふしはすこしもない。

エドリックがいった。

「われらの知るかぎり、この者はアイダホにほかならず」

「いまはヘイトと呼ばれているといったな」とポール。「また妙な名前をつけたものだ」

「陛下、あのトレイラクス会が、いかにして、いかなる理由で名前を施すのかは、余人の理解がおよぶところではありますまい」エドリックは答えた。「しかし、名前はいつでも変更できる。トレイラクス会が与えた名前はたいして意味を持たぬと思し召せ」

(トレイラクス会の被造物か……)とポールは思った。(問題はそこにある)

ベネ・トレイラクスは現象の性質自体にはなんの関心も持たない。あの者たちの哲学で、善悪は奇妙な意味を持つ。あの組織はアイダホの肉体になにを組みこんできたのだろう?

それは思惑あってのことなのか、それともただの気まぐれか？

ポールはスティルガーを見やり、この老フレメンが迷信的恐怖と嫌悪をいだいたことに気がついた。同様の憎悪はこの場にいるフレメンの衛士全員の胸にもわだかまっているにちがいない。スティルガーの精神はいま、航宙ギルド、トレイラクス会、偶人《ゴウラ》の忌むべき性質について、盛んに考えをめぐらせているところだろう。

偶人《ゴウラ》に向かって、ポールは問いかけた。

「ヘイト——それはおまえが持つ唯一の名か？」

偶人《ゴウラ》の浅黒い顔におだやかな微笑が広がった。金属の目が上向き、ポールに指向したが、機械じみた視線は変わらない。

「そのように呼ばれております、わが君《ム・ロード》。ヘイト、と」

陰になった覗き窓の手前で、アリアはふたたび身ぶるいした。これはやはりアイダホの声だ。声質が細胞のひとつひとつに刷りこまれているそれと完全に一致する。

「ム・ロードが嘉《よみ》したもうことを願って申しあげます」偶人《ゴウラ》はつづけた。「ム・ロードのお声を耳にするにつけ、この身は歓びに満ちあふれんばかり。ベネ・トレイラクスの言によりますと、それはわたしが、ム・ロードのお声を……生前に……お聞きしたことがある証拠とのことでございます」

「しかし、たしかに聞いたとの確信はないのだな？」ポールは問うた。

「この身の過去につきましては、たしかなことはひとつとして存じません、ム・ロード。わたしが受けました説明によりますれば、この身には生前の記憶がいっさいないとのこと。生前より引き継ぎしものは、遺伝子に組みこまれたパターンのみと聞かされております。しかしながら、かつてよく知っていたものに馴じむ事物は多々ございます。いくつもの声、場所、食べもの、顔、音、行為——手にした剣、羽ばたき機《ソプター》の操縦桿……」

ギルドマンたちがこの会話を注視していることに気づきながら、ポールはたずねた。

「自分が贈り物であることは理解しているのか？」

「そのように説明を受けております、ム・ロード」

ポールは背もたれに背をあずけ、帝座の肘かけに両腕をかけて考えた。

（おれはダンカンの肉体にどれほど負い目がある？　ダンカンはおれの命を救おうとして死んだ。だが、この者はアイダホではない。これは偶人《ゴウラ》だ）

とはいえ、ここにいるのはアイダホのように見える。肩から翼が生えているかのごとく、自在にソプターを飛ばす技術を教えてくれた、あの肉体と精神を持つ者のように見える。アイダホから受けた厳しい修行なくしては、まともに剣をふるうこともできなかったろう。偶人《ゴウラ》——これは偽りの感傷を詰めこまれ、判断を過《あやま》たせるための肉体だ。かつての関係を梃子《てこ》として利用するための存在だ。(ダンカン・アイダホ。この偶人《ゴウラ》がつけているのは、よくできたアイダホのマスクというより、ほんとうの人格を隠蔽する粗雑な隠れ蓑のようだ。その目的は、トレイラクス会が仕込んだ真の目的とは真逆の印象を与えることにあるのだろう)

「どのような形で余の役に立てるのか?」ポールは問いかけた。

「ム・ロードが望まれる、いかような形ででも。わが能力の許すかぎりにおいて」

隠し窓からようすをうかがっていたアリアは、偶人《ゴウラ》のしおらしさに驚愕した。そこにはいっさい虚栄が感じられなかったからである。新生ダンカン・アイダホには、なにかこう、きわめて無垢なものを感じる。オリジナルはもっと世故に長《た》けていて、向こう見ずだった。しかしこの肉体からは、そういった要素が完全に欠け落ちている。このまっさらな精神にトレイラクス会が書きこんだものとは……いったいなんだろう?

そこではっと、この贈り物に潜む危険を察知した。これはトレイラクス会の被造物だ。トレイラクス会は自分たちがなにかを創りだすにさいし、微塵も抑制を見せたことがない。そして、その歯止めのきかない好奇心こそは、野放図な行動の原動力となっているらしい。トレイラクス会は、ごくふつうの人間をどのようなものにでも——悪魔にも聖者にも——仕立てられると豪語する。殺人演算能力者《メンタート》を売りだしたのもほかならぬトレイラクス会だ。

人の命を意図的に奪ってはならないとするスーク医学院の禁忌を無視し、殺人医師を創りだしたのもあの者たちだった。売り物にしているのは従順な召使い、どんな気まぐれにも応える性玩具、兵士、将軍、哲学者などで、ときには倫理学者さえ売りに出す。

ポールは顔を動かし、エドリックに目を向けてたずねた。

「この贈り物にはいかなる訓練が施されているのか？」

「陛下のご下問とあらば、お答えもいたそう」エドリックは答えた。「トレイラクス会は、この偶人《ゴウラ》を演算能力者《メンタート》として、なおかつ、禅スンニ派哲学者として訓練することに愉悦を見いだした由。それにより、剣士としての能力を嵩上《かさあ》げしようとしたようで」

「それは成功したのか？」

「さて、そこまでは、陛下」

ポールは操舵士の答えを吟味した。読真《どくしん》能力で探ったところ、エドリックはこの偶人《ゴウラ》を本気でアイダホと信じている。だが、そのほかにもなにか知っていることがあるようだ。予知能力を持つこの操舵士を貫いて流れる〈時の水脈〉は、具体性をともなわないまま、危険の存在を暗示している。ヘイト——それはトレイラクス会で〝危機〟を意味する名だ。そんな贈り物は突っ返してしまいたい。だが、気持ちはどうあれ、それができないこともわかっている。アトレイデス家としては、この贈り物を受けとらざるをえない——これは事実として敵もよく心得ているはずだ。

「禅スンニ派哲学者か……」ポールは思案し、ふたたび偶人《ゴウラ》に目を向けた。「自分自身の役割と目的は心得ているか？」

「ひたすら無心にお仕えするのみと心得ております。この者の精神は生者であった過去のしがらみから解放され、まっさらに白紙化されたものでありますれば」

「ヘイトと呼ばれるのがよいか、ダンカン・アイダホと呼ばれるのがよいか」

「ム・ロードの嘉《よみ》したもうままに。わたしは名前そのものではございませんので」

「ならば、ダンカン・アイダホという名に愛着はあるか？」

「それはかつてのわが名でありました。たしかに、しっくりくるものがございます。が、しかし……その名はわたしの心の中に奇妙な反応をも呼び覚まします。人の名とは、愚考いたしますに、悲しみも付随するものではありますまいか——歓びのみではなく」

「では、そのほうがもっとも歓びを見いだすこととはなにか」

思いがけなく、偶人《ゴウラ》は顔をほころばせ、こう答えた。

「他者が生前の自分をどう見ていたのか、それを示す兆しを見いだすことでございます」

「ここにそのような兆しは見えるか？」

「見えます、ム・ロード。ご側近のスティルガーさまは、疑念と賞賛のはざまで蕩揺《とうよう》しておられる。スティルガーさまは生前のわたしの友人であられましたが、この偶人《ゴウラ》の肉体に対しましては嫌悪をいだいておられるごようす。あなたさまからは、ム・ロード、生前のわたしを賞賛し……信用しておられたごようすが見てとれます」

「白紙化された精神、か……しかし、そのような精神が、進んで余に束縛されようとするものか？」

「束縛、とおっしゃいますか？　しかし、白紙化された精神は、見知らぬ人々の面前にて、因果のしがらみに縛られることなく意思を決定するもの。それを束縛と申せましょうか」

ポールは眉をひそめた。これは禅スンニ派特有の言いまわしだ。謎めいていて、含蓄がありそうで——あらゆる精神活動における客観的働きを否定する信条に満ち満ちている。因果のしがらみなしに、ときたか！　なんとも衝撃的な考え方だ。見知らぬ人々だと？見知らぬ人々はあらゆる意思決定に関わっている。予知で表われる幻視においてすら。

「ダンカン・アイダホと呼ばれるほうが好ましいか？」ポールは問いを重ねた。

「この身と生前のわたしとは異なる生を生きる者でございますれば、ム・ロード。お心の赴かれるままに呼び名をお選びくださいませ」

「では、トレイラクス会における呼び名を用いるとしよう。ヘイト——なにしろこれは、警戒をうながす名前なのだからな」

ヘイトは一礼し、一歩あとずさった。

以上のやりとりを眺めていたアリアは、奇異な思いをいだいた。

(あの男、どうして問答がおわったとわかったのかしら？　わたしなら、わかって当然。にいさまのことはよく知っているから。でも、交流を持たない者が見てわかる問答終了の兆しはいっさいなかった。これはあの男の中のダンカンが知っていたということ？)

ここでポールは、大使に向きなおった。

「貴使節団のために宿所を用意した。できるだけ早い機会に内々の協議を行ないたい、というのが余の意向だ。追って使いを出す。なお、不正確な情報が耳に入らぬうちに伝えておくが、修女会《シスターフッド》の教母ガイウス・ヘレネ・モヒアムは、貴下を運びきたる輸送母船内から別の場所へ移動させた。これは余の命令においてなされた処置である。貴下の乗ってきた船に教母も同乗していたことは、のちほど協議事項のひとつとなるであろう」

ポールは左手をひとふりし、使節団に退出をうながした。それから、

「ヘイト。おまえは残れ」

大使の随員らがタンクを引いてあとずさっていく。じきにエドリックは、オレンジ色の気体中で動くオレンジ色の塊——目、口、ゆっくりとくねる四肢と化した。

ポールはギルドの最後のひとりが出ていき、その背後で巨大な両開きの扉が閉まるまで

見まもった。

（結局、こうなったか）とポールは思った。（偶人《ゴウラ》を受け入れてしまった）

陛《きざはし》の下に控えるトレイラクス会の被造物は釣り餌だ。それはまちがいない。十中八九、あの老いぼれ教母も同じ役目を担わされてきたのだろう。しかしこれは、最初期の幻視で予知した〈濁乱の淵《タロット》〉のひとつにあたる。いまいましい濁乱め！　それは〈時の水脈〉を濁らせて、どれほど予知に集中しても、事象が発生する時期の特定に一時間は誤差を出す。当然、餌だけを奪って逃げ去る魚もたくさんいるにちがいない。しかし、〈濁乱の淵〉はマイナスにだけではなく、プラスにも働く。自分に観えないものはほかの者にも観えない道理だ。

偶人《ゴウラ》は床に立っている。小首をかしげ、声がかかるのを待っている。

スティルガーが陛《きざはし》を昇ってきて、ポールの視線から偶人《ゴウラ》を覆い隠した。群居洞《シエチ》時代に狩猟時用言語として用いていたチャコブサ語で、スティルガーはこう進言した。

「タンクに収まっていたあの化け物にもぞっとしましたが、この贈り物ときた日には！　即刻、放逐すべきです！」

同じくチャコブサ語を使って、ポールは答えた。

「無理だな」

「アイダホは死んだのですぞ」スティルガーは食いさがった。「あれはアイダホではない。部族のためにあれの水分を絞らせてください」

「偶人《ゴウラ》はわたしの問題だ、スティル。おまえにはわれらが捕虜をまかせる。〈繰《からく》り声〉の手管に抵抗できるよう、わたしみずから訓練した要員を使って、厳重に監視させろ」

「この流れ、どうにも気に入りません」

「十二分に気をつけるさ、スティル。おまえも警戒を怠るな」

「……承知しました」

スティルガーは陛を降りていき、広間の床に達すると、ヘイトのすぐそばをかすめて、そのにおいを嗅いでから、足どりも荒く歩み去っていった。

(〝邪悪はにおいでわかる〟か)とポールは思った。

スティルガーは十二の惑星に緑と白のアトレイデス旗を打ち立てた男だが、依然として迷信深いフレメンであり、あらゆる知的洗練の対極にいる。

ここでポールは、贈り物をしげしげと眺め、

「ダンカン、ダンカン」と問いかけた。「おまえはやつらになにをされた?」

「命を与えられました、ム・ロード」

「では、おまえはなんのために訓練され、余への贈り物とされたのだ?」

ヘイトはいったん口を引き結んでから、こう答えた。

「あなたさまを破滅させるためです」

返答の率直さに衝撃をおぼえた。しかし、禅スンニ派系の演算能力者《メンタート》であれば、これは当然の反応といえる。偶人《ゴウラ》になってさえも、演算能力者《メンタート》は真実しか語れない。明鏡止水で知られる禅スンニ派系ともなれば、なおさらだ。演算能力者《メンタート》とは、遠いむかしに憎むべき演算機械が請け負っていた処理をこなすため、精神と神経系を調整された、人間演算機にほかならない。そんな存在が禅スンニ派の条件づけを付加されたからには、率直さも倍になる――トレイラクス会がこの肉体に、もっと奇妙な要素を組みこんだのでないかぎり。

その要素とは、たとえばこの機械の目だ。トレイラクス会は金属の目を生体の目よりも高性能のものにしたと豪語する。だが、その理屈には難があった。もしそうなら、もっと多くのトレイラクス会士が、一も二もなく機械の目に交換しているはずではないか。

ポールはちらりとアリアの隠し窓を見あげ、妹がそばにいて相談に乗ってくれたら――責任感と負い目に曇っていない目で助言してくれたらよかったのに、と思った。

あらためて偶人《ゴウラ》を見おろす。この存在はけっして〝ささやかな贈り物〟などではない。自身の身に危険がおよぶ問いに対し、馬鹿正直に答えてみせたのだから。

（これがおれを討つための武器だとわかったところで、なんの違いもないわけだがな）

ポールはそう思い、偶人《ゴウラ》にはこう問いかけた。

「おまえからわが身を護るために、わたしはどうすればよい？」

皇帝の自称である〝余《ウィ》〟をあえて使わなかったのは、かつての友ダンカン・アイダホに対する問いかけのていをとり、個人同士、腹を割って話す意図を伝えるためだ。

「わたしを放逐なさることです、ム・ロード」

ポールは左右にかぶりをふった。

「どのようにしてわたしを破滅させる？」

ヘイトは衛士隊に目をやった。スティルガーが去ったあと、衛士たちはポールのそばに近づいてきている。ついでヘイトは、謁見の間全体を見まわし、ふたたびポールに視線をすえてうなずくと、問いに答えた。

「ここは貴人を民衆から引き離す場所。このような場所を成立させるに足る権力に対し、凡民はなかなか平常心をもって臨めるものではありません——とはいえ、あらゆるものに限界があることを憶えていれば話は別となりましょう。これほどの場所にいたる道筋は、ム・ロードの啓示のお力によって示されたものなのでしょうか」

ポールは両手の指先で肘かけを軽くたたいた。偶人《ゴウラ》はいま、演算能力者《メンタート》としてデータを求めたわけだが、この質問には心をとまどわせるものがある。

「このような場所を成立させるに足る地位は、みずから確固たる決断をくりかえして得たものだ。かならずしも、他の……能力によって得たものではない」

「確固たる決断――それは人の生を強固にするものにほかなりません。上質の金属を熱し、急冷して焼き入れをすることにより、硬さを高めるのと同じ理屈でございましょう」

「禅スンニ派問答で煙《けむ》に巻く気か？」

「禅スンニ派には、ム・ロード、煙に巻いたり知識を披露したりすることよりも優先して取り組むべき道が多々ございます」

ポールは唇をなめ、深々と息を吸いこみ、自分自身の思考を演算能力者《メンタート》としての純平衡モードにセットした。否定的な演算結果がつぎつぎに弾《はじ》きだされてきた。他のさまざまな責務を犠牲にしてまでこの偶人《ゴウラ》を受け入れる理由はどこにもない。そう、それはたしかだ。しかし、なにゆえに禅スンニ派系の演算能力者《メンタート》を送りこむ？　哲学……言語……観想……精神内を検索……。だめだ。データが足りない。

「もっとデータが必要だな」とポールはつぶやいた。

壇上にいるポールのつぶやきを聞きとる聴力があるのか、ヘイトはそれに答えた。

「演算能力者《メンタート》が結論を出すうえで必要になる事実群は、そうたやすく総合できるものではありません。花畑を通ったさい、ローブに付着した花粉をはたき、布の上でひとまとめにするのとはわけがちがいます。演算能力者《メンタート》はその花粉のひとつひとつを入念に選びぬき、顕微鏡で拡大して、徹底的に調べあげるものなのです」

「まずはその、禅スンニ派流の修辞法を教わらねばなるまいな」

つかのま、ポールを見あげる金属の目がきらりと光った。ついで、ヘイトはいった。

「ム・ロード。それもまた、トレイラクス会の目論見でございましょう」

(わが意志をことばと観念でなまくらにするための目論見か?)

ポールはそう思い、口に出してはこういった。

「観念をなによりも恐れねばならぬのは、それが行動に昇華されたときだぞ」

「わたしを放逐なさいませ、ム・ロード」

そういうヘイトの声は、ダンカン・アイダホの声——それも、〝若きあるじ〟を心から案じるていの声だった。

その声に呪縛されるのを、ポールは感じとった。この声と縁を切ることなどできない。たとえ声の主が偶人《ゴウラ》であろうとも。

「おまえはここに留めおく」ポールはいった。「おたがい、充分に注意して事態に臨むとしよう」

ヘイトはうやうやしくこうべをたれた。

ポールは隠し窓を見あげ、この贈り物はアリアの預りとする、この偶人《ゴウラ》の秘密を暴いてくれ、と目顔で伝えた。ゴウラとは一般に、子供を怯えさせる妖怪を指す。よもや、科学技術版のゴウラに遭遇しようとは予想だにしなかった。こうしてそのひとりと相まみえたいま、いっさいの情けを排除してこの者に臨まねばならないわけだが……はたして自分にそれができるかどうか、心もとない。

(ダンカン……ダンカン……)

特殊な目的のために調整されたこの肉体のどこにアイダホはいる？　いや、これは肉体ではない……アイダホの肉体を象《かたど》った経帷子《きょうかたびら》だ！　アイダホ本人は、アラキーンのとある洞窟の床で骸《むくろ》となり、永遠に横たわっている。いま、そのアイダホの亡霊は、金属の目をじっとポールに注いでいた。蘇ったこの肉体内にはふたつの存在が並存しているらしい。そしてそのいっぽうは、世にふたつとないヴェールの陰に隠された力と性質とでポールを脅かす。

ポールは目をつむり、かつての古い幻視群が意識内になだれこむことを許した。荒浪の逆巻く海上で、愛の精と憎悪の精ががなりあっている。混沌とした海面に突き出た岩礁はひとつとしてなく、上に立って荒海を見まわせそうな場所はどこにもない。

ポールは自問した。

（この新生ダンカン・アイダホのことを観せた幻視は、いままでにひとつとしてなかった。それはなぜだ？　啓示の力からこのときを隠しおおせたものはなんだ？　まぎれもなく、ほかの啓示だろう）

　ポールは目を開き、問いかけた。

「ヘイト。おまえに予知能力はあるか？」

「ございません、ム・ロード」

　本心からそういっているように聞こえる声だった。もちろん、この偶人《ゴウラ》本人が知らないうちにその能力を与えられている可能性はある。しかしその場合は、演算能力者《メンタート》としての能力が阻害されてしまう。そこに隠された意図はなんだ？

　古い幻視が勃然と湧きあがってきた。やはり自分は、あの恐るべき道程を選ばなくてはならないのだろうか。〈歪んだ時〉は、あの慄然とする未来にこの偶人《ゴウラ》がかかわっていることをほのめかしている。自分でどれほど回避に努めようと、結局はあの道程の先に待ち受ける運命にたどりついてしまうのか。

（放りだせ……放りだせ……放りだせ……）

　その思いは心の中でいつまでも渦巻きつづけた。

高みにある隠し窓のうしろで椅子にすわったまま、アリアは左手で頬杖をつき、偶人《ゴウラ》を見おろしていた。ヘイトという偶人《ゴウラ》が放つ強烈な魅力は、この高みにまでおよんでいる。トレイラクス会の蘇活処置によって、ヘイトは若々しさを取りもどし、潑剌《はつらつ》たる力強さを身に宿していた。アリアを魅きつけてやまないのはそこだ。兄の無言の依頼は理解した。未来予知がはずれたとき、たよれるのは実在する監視者と身体能力だけだから。とはいえ、なぜ自分は、このたいへんな依頼にこうも乗り気なのだろう、とアリアはいぶかしんだ。この新生ダンカンのそばにいたい、触れてみたい。自分はそんな強い欲求をおぼえている。

アリアは思った。

(やはりこの男、危険人物だわ、わたしたちふたりにとって)

真実は過度の分析を厭《いと》う

——フレメンの古諺《こげん》

「教母さま、このようなところでお目にかかるとは、痛恨の極みです」

独房扉の内側に立ったイルーランは老教母に声をかけ、ベネ・ゲセリットの〈観法〉で独房内のさまざまな要素を見てとった。キューブ状の独房は一辺が三メートル。ポールの〈大天守《キープ》〉が建つ岩石層を光学切削器《カッターレイ》でくりぬいたもので、茶色の岩石には色味の異なる条紋が走っている。調度といえるものは、貧弱な柳枝《りゅうし》の椅子が一脚。これにはいま、教母ガイウス・ヘレネ・モヒアムがすわっていた。それから、茶色の上掛けをかぶせた粗末なベッド。その上に広がるのは、真新しい〈デューン・タロット〉カードのデッキ一式だ。節水機能のついた水栓の下には再生循環水の洗面台があり、その横にはフレメン式の保水シールつき便器があった。どれもみすぼらしく、原始的なものばかりではないか。天井の四隅には保護ケージをかぶせた発光球が固定され、室内に黄色い光を投げかけていた。

「レディ・ジェシカには伝言を送ったのかえ?」老教母がたずねた。

「送りました。ですが、あの者が自分の初子《ういご》に指一本でもあげるとは思えません」

イルーランはそういって、〈デューン・タロット〉のカードに目をやった。そこに出ているのは、〝権力者が嘆願者たちに背を向ける〟との暗示だった。〈大砂蟲《サンドワーム》〉カードは〈荒涼たる砂地〉カードの下にある。これは忍耐をうながす目だ。

それを見て、イルーランは思った。

(こんなこと、〈デューン・タロット〉がなくともわかることなのに)

独房の外には衛兵がひとり立ち、扉にはめられたメタガラスの窓ごしに室内のようすをうかがっている。別の手段でこの面会を監視している者たちがいることもわかっている。ここにくるのに先だって、イルーランはじっくりと考えをめぐらし、対策を練ってきた。しかし、あまりぐずぐずしていてはかえって疑いを招きかねないので、頃合いを見て意を決し、こうして独房を訪ねてきたのだった。

いっぽう教母は、折にふれて〈デューン・タロット〉カードが出す暗示を参照しつつ、ずっと般若観想《プラジュニャー》にふけっていた。生きてアラキスを出られる見こみはない――そんな印象を持ちながらも心の平静をたもってこられたのは、この観想のおかげにほかならない。それに、エドリック操舵士の予知能力はそれほど大きくはないかもしれないが、すこしは〈時の水脈〉を濁らせ、ポールの目から実態を隠せる見こみがありそうだ。それに加えて教母には、むかしながらの〈恐怖を退ける連禱〉があった。

いま解明せねばならないのは、自分をこの独房留置にいたらしめた一連の流れの意味だ。心の中には暗鬱たる疑念が芽生えている。それに、タロットの結果もその疑念があたっていることを暗示している。もしやギルドは、はなからこうなるように仕組んでいたのではあるまいか――。

まだ輸送母船にいたときのこと、ラウンジに入っていくと、黄色いローブを身につけたひとりの聖職者《クィザーラ》が待っていた。ターバンをつけやすいように頭を剃ってある。穏和そうな丸顔の男で、小さな目は全体に青く、皮革のような肌は長いあいだ風とアラキスの陽光にさらされてきたことを表わしていた。聖職者《クィザーラ》は香料《スパイス》コーヒーの球形容器《バルブ》から顔をあげると――このバルブは物腰のおだやかなスチュワードがサーブしていたものだ――つかのま、教母を見つめてから、テーブルにバルブを置いた。

「ガイウス・ヘレネ・モヒアム教母どのですね？」

独房に収監されたいま、聖職者《クィザーラ》のことばを心の中で反芻したとたん、あのときの状況がまざまざとよみがえってきた。のどを締めつけられるように感じたのは、抑えようのない強烈な恐怖をおぼえたからである。自分がこの輸送母船に乗ってきていることを、皇帝の寵臣はどうやって知ったのか？

「教母どのが乗船している——この事実を、われわれは察知しましてね」聖職者《クィザーラ》はいった。

「聖なる惑星に足を踏み入れることを、あなたは厳に禁じられている。お忘れですか？」

「アラキスに降りてはおらぬ。ギルドの輸送母船に一乗客として乗っておるまで。ここは領外の公宇宙空間であろうが」

「公宇宙空間などというものは存在しないのです、マダム」

聖職者《クィザーラ》の口調に、教母は憎悪と混じりあった強い疑念を読みとった。

聖職者《クィザーラ》はつづけた。

「なにしろムアッディブは、あまねく宇宙を統べられるお方なのですから」

「アラキスがわたしの目的地というわけではないぞ」

「アラキスは万民の最終目的地にほかなりません」

教母はつかのま、この男が巡礼のたどる神秘主義的道程をまくしたてるのではないかと不安になった。事実、この輸送母船自体、何千人もの巡礼を乗せてきたことでもある。

だが、聖職者《クィザーラ》はかわりにローブの下から黄金の護符《アミュレット》を取りだし、それに口づけをして額に押しいただくと、右の耳にあてがい、そこから聞こえる指示に耳をかたむけた。男はほどなく護符を耳から離し、収納場所にもどした。

「荷物をまとめるようにとの命令です。アラキスへご同行ねがいましょう」

「しかし、わたしにはよそでやることがあるのじゃ！」

教母がギルドの裏切りを疑ったのはこのときだった。しかし……皇帝かその妹の超越的能力により、自分の所在が発覚した可能性もある。結局のところ、あの操舵士では陰謀を隠蔽しきれなかったのかもしれない。あの忌み子アリアめに、ベネ・ゲセリットの教母と同じ能力があることはまちがいない。その能力が兄の持つ予知能力と組みあわさったとき、いったいどれほどのことができるものやら。

「さ、お早く！」聖職者《クィザーラ》が語気を強めた。

教母の中のあらゆるものが、あの呪われた砂の惑星に二度と足を踏み入れてはならぬと叫んでいる。アラキスはレディ・ジェシカが修女会に背いた地にほかならない。そして、修女会がポール・アトレイデスを——数千世代におよぶ入念な人類血統改良計画の果てに獲得した〈クウィサッツ・ハデラック〉を——失った地でもある。

「よかろう」教母はうなずいた。

「ぐずぐずしてはいられません」聖職者《クィザーラ》はせきたてた。「皇帝陛下のご命令が下されれば、臣下はみな迅速にしたがうものです」

（では、命令の出どころはポールか！）

輸送母船の航宙士＝船長に助けを請おうかとも思ったが、そんなことをしてもむだだと思いなおした。ギルドごときになにができよう。

「かつて皇帝はわたしにいった――二度と〈デューン〉の大地を踏んではならぬ、踏めば命はないものと思え、と」教母は最後のあがきをしてみせた。「それはそなた自身が口にしたとおりじゃ。わたしを地表に連れてゆくことは死刑宣告と変わらぬ」

「いいかげんにお黙りなさい」聖職者《クィザーラ》が命じた。「定めなのです、これは」

帝国の命令にはいつもこの物言いがつきまとう。

（なにが定めじゃ！）

その御眼《おんまなこ》もて未来を見そなわす聖なる統率者さま、かくのたまいき、陛下がおっしゃることはかならず現実になる、陛下は未来の帰結をごらんになったのだ、そうではないか、というわけだ。

自分自身が編みあげたクモの巣に搦めとられてしまったか――そんな気の滅入る思いにとらわれながら、指示にしたがおうと、教母は聖職者《クィザーラ》に背を向けた。

そして、そのクモの巣が実態を持ったものが、イルーランが訪ねてきたこの独房というわけだった。見ると、ワラック第九惑星[IX]で会ったときに比して、イルーランは少々老けたようだ。心労が重なったものか、目尻には新たな小じわもできている。もうそろそろ……このベネ・ゲセリットの修女が誓約を遵守できるのかどうか、たしかめたほうがよいかもしれない。

「もっと劣悪な環境に閉じこめられていてもおかしくはなかったがの」と教母はいった。

「おまえは皇帝のところからきたのかえ?」

そういいつつ、両手の指を動かしてみせる。一見、動揺しているように見えるはずだ。

イルーランはその動きを指話《しわ》として読みとり、自分の指をすばやく動かして教母の真の問いに答え、口に出してはこういった。

「いいえ――教母さまが独房に収監されたと聞いて、急いで駆けつけてまいりました」

「そんなことをしたら、皇帝が怒るのではないか?」

問いかけながら、ふたたび指を動かす。容赦なく、強圧的に、強要的に。

イルーランは答えた。

「怒らせておけばよろしいのです。ですが、教母さまは修女会において、わたくしの師であられた方――そして、皇帝の母親の師であられた方でもあります。とすれば、かつてのあの女と同じく、わたくしもまた教母さまに背く――皇帝はそう考えるかもしれません」

そんなことばをよそに、イルーランの指話は弁解と謝罪を伝えていた。

教母はためいきをついた。表面上はこの境遇を嘆く虜囚《りょしゅう》のためいきに見えただろうが、じっさいにはイルーランの指話を受けてのためいきだった。〝アトレイデス帝の貴重なる遺伝子パターンを、この道具を通じて保存する〟。そんなあだな期待をいだいたところでもはやむなしい。いくら美しかろうとも、このプリンセスには欠陥がある。男をとろかす美貌をひと皮むけば、その下に息づくのは行動もせず口先ばかり、泣き言だらけの高慢な女でしかない。とはいえ、それでもイルーランはベネ・ゲセリットの一員であり、修女会には弱い道具に重要な指示を実行させる保証として、その道具を操る技がいろいろとある。

やわらかいベッドが恋しいだの、まっとうな食事がほしいだの、とるにたらない訴えを口にしながら、教母は数ある説得の技をここぞとばかりに駆使し、指示を与えた。

〔かくなるうえは、兄と妹の近親交配に踏みこませねばならぬ〕

指示を受けたとたん、イルーランはいまにも取り乱しそうになった。

〔どうか機会をお与えください！〕イルーランが指話で懇願する。

〔すでにたんと与えたではないか〕

教母は嘆願を退け、確認と指示を明確に伝えた。

〔皇帝が愛妃に怒りを見せたことはあるか？　特異な力ゆえに、皇帝は孤独に陥りがちであろう。だれかに理解してもらえる望みをかけるとしたら、それはだれか？　妹をおいてほかにおるまい。妹もまた兄の孤独を分かちあっているのだからな。ふたりのつながりの深さ、そこにつけこめ。そのためには密接な触れあいを持つ状況を作りだす必要がある。あの愛妃を暗殺するのも格好の契機になるかもしれん。悲しみは伝統的な心の障壁を取りはらうものゆえ」

　イルーランは抗議した。

「チェイニーが殺されれば、たちまち正妃に疑いの目が向けられます。それに、ほかにもいろいろと問題が……。近ごろチェイニーは、懐妊をうながすとされる古来のフレメン食のみを摂《と》るようになっていて、こっそり避妊薬を投与する機会が絶たれてしまったのです。避妊薬から解放されたことで、いまのチェイニーはずっと妊娠しやすくなっています」

　教母は憤慨し、怒りを表に出すまいと苦労しつつ、指話で詰問した。

「なぜこの指話のもっと早い時点でその情報を報告せなんだのか。よくもそれほど愚かになれたものだ。チェイニーが妊娠して息子を産めば、皇帝はその子を跡継ぎと宣言するに決まっておるではないか！」

　イルーランは抗弁した。

「その危険は承知しています、しかし、遺伝子を完全に失うわけにもいきませんし」

教母は愕然とした。

（なんと、これほどまでに愚かであったとは！）

そして、憤慨した。避妊薬の影響と、チェイニーが身に宿すフレメンの得体の知れない遺伝子――それらが複合すれば、どんな子が産まれるかわかったものではない。修女会が求めるのは純血のみだというのに！　そのうえ、チェイニーが跡継ぎを産めば、ポールは新たに野望をかきたてられ、いっそう帝国の強化に邁進《まいしん》するだろう。陰謀を進める立場として、そのような逆行を許容するわけにはいかない。

イルーランが言い訳がましくつづけた。

〔チェイニーが妊娠促進食を摂ることを、どうすれば防げたとおっしゃるのです〕

教母は言い訳になど耳を貸す心境ではなく、ただちにこの新たな脅威に対処するよう、イルーランに明確な指示を与えた。

〔チェイニーが懐妊したならば、かならず食事や飲料に堕胎薬を仕込め。堕胎が無理なら暗殺せよ。あの女の腹から皇帝の跡継ぎを産まれさすことは、いかなる犠牲を払ってでも阻止せねばならぬ〕

〔堕胎薬を使うことには、白昼堂々、妾妃《しょうひ》を襲撃するのに匹敵する危険がともないます〕

イルーランは難色を示した。〔チェイニーを殺そうとするなんて、考えただけでも震えが

伝えた。

イルーランはおじけづいたのか？　それをたしかめるため、教母は指話で痛烈な侮蔑を伝えた。

イルーランは反発し、指話でこう切り返した。

〔帝室に送りこまれたエージェントとして、わたくしは自分の価値をよく承知しています。陰謀グループは、わたくしのように価値あるエージェントを使いつぶすおつもりですか？　わたくしを用済みとして捨ててしまうと？　わたくしの立場以外に、どうやってこれほど身近から皇帝の動静を探れる者がいるとおっしゃるのです？　それとも、すでにもう別のエージェントを帝室に潜りこませていると？　そうなのですね？　いま死にものぐるいで動かねば、あとがない——そうおっしゃっているのですね？〕

〔抗争においては、あらゆる価値が新たな関係を打ち立てる〕教母は告げた。〔われらにとって最大の危機とは、アトレイデス家が皇統を確立することだ。修女会としては、そのような事態を見過ごす危険を冒せない。ことはポール・アトレイデスの遺伝子パターンが失われるというだけの問題ではないのだぞ。事態はいっそう大きな危機を迎えるであろう。ポールにチェイニーとの子の帝位継承を許せば、修女会は何世紀にもわたって営々と積みあげてきた〈クウィサッツ・ハデラック〉誕生計画が水泡に帰すのを、指をくわえて見て

いなければならぬ〕

〔その議論は理解できます〕イルーランは応じた。〔ですが、より大きな価値あるものを得んがために正妃を犠牲にする――そのような決定がなされたのではないかという疑念を、わたくしとしてはぬぐえません。もしやあの偶人《ゴウラ》について、なにかわたくしが知っておくべきことがあるのではありませんか？〕

イルーランはそこまで踏みこんだ。

教母は反問した。

〔おまえは修女会が阿呆の集まりだと思っておるのか？　おまえが知っておくべきことで、伝えそこねていることがあるとでも思うのか？〕

イルーランは思った。

（これは答えになっていない。けれど、なにかを隠していると認めたに等しい。いまのはつまり、知る必要があることしか教えていないという意味なのだから）

そして、指話で問いかけた。

〔あの偶人《ゴウラ》で皇帝を破滅させられるとお考えのようですが、なぜそれほどの確証が？〕

〔それはメランジに破滅をもたらす力があるのかと問うのと変わらぬぞ〕教母は答えた。

これが微妙なメッセージを含む叱責であることにイルーランは気づいた。いまの指話はベネ・ゲセリットの〝教育的鞭〟だ。香料《スパイス》と偶人《ゴウラ》の類似性など、とうのむかしに理解していてしかるべきではないか、と叱責されたのだ。メランジは有用だが代償がつきまとう。

すなわち中毒性があることである。メランジは人の寿命を延ばす。人によっては何十年も延びる場合がある。しかしそれは、死にいたる道程の別の形にすぎない。

あの偶人《ゴウラ》には、なにか恐るべき価値があるのだ。

教母が指話で指嗾《しそう》を再開した。

〔望ましからぬ継嗣《けいし》の誕生を防ぐ確実な方法は、懐妊前に母体を殺してしまうことじゃ〕

（それはそうでしょうよ）とイルーランは思った。（それなりの額を費やすと決めた以上、できるかぎり多くの見返りを求めるのはあたりまえのこと）

教母の目が──その目はメランジ中毒の青い輝きを帯びている──イルーランを見あげ、細部を観察し、値踏みしていた。反応を待っている。

（教母さまにはすっかり心の内を見透かされてしまっている）イルーランは陰鬱に思った。（わたくしを教導し、修行の過程を観察してこられた方だから、いまこの場でどのような決定が下されたのかをわたくしが認識していることも、当然お気づきのはず。このあとは、わたくしがその決定にどう対処するかを見まもるだけでいい。よろしいでしょう。ベネ・ゲセリットであり、プリンセスでもある者として、その決定に対処しましょう）

イルーランはあえてほほえみを絞りだし、すっと背筋を伸ばすと、心に平静をもたらす〈恐怖を退ける連禱〉の冒頭を唱えた。

（〝われ恐れず。恐怖は心を殺すもの。恐怖は全き抹消をもたらす小さな死。われは恐怖にぞ立ち向かう……〟）

心の落ちつきを取りもどすと、イルーランは思った。

（わたくしを使いつぶすつもりなら、そうするがいい。わたくしとしては、プリンセスの価値を知らしめるのみ。陰謀グループが望む以上の見返りをきっと与えてみせましょう）

もうふたことみこと、面会を切りあげる無意味なあいさつを並べてから、イルーランは引きあげた。

イルーランの退出後、教母は〈デューン・タロット〉を再開し、カードを〈炎の渦〉の形にならべた。早々に大アルカナの〈クウィサッツ・ハデラック〉が出た。そして、そのカードのとなりには〈八隻の船〉のカードが。これは占者が一杯食わされ、裏切られるという暗示だ。けっして吉兆を示すものではない。自分たちの敵に未知の味方がついていることを示している。

教母はカードに背を向け、狼狽してすわりこんだ。

もしや、自分たちを破滅に追いこもうとするのは……イルーランなのではあるまいか。

フレメンは彼女が大地の化身――半女神であり、その圧倒的な戦闘力で諸部族を護る特別の役割を有すると見なしている。フレメンの教母たちにとっての教母、それが彼女だ。はるばる訪ねてくる巡礼たちにとって――巡礼の目的は、男性は生殖能力を復活させてもらうことに、女性は不妊を懐妊可能状態にしてもらうことにある――彼女は反演算能力者《メンタート》のひとつの表われにほかならない。〝分析〟には限界があること、その生きた証拠が彼女なのである。彼女は究極の緊張を体現する。彼女は乙女である娼婦でありーー機知に富み、猥褻《わいせつ》で、残酷で、気分しだいでは、コリオリの嵐のごとき破壊をもたらす。

――『イルーラン報告書』〈ナイフ使いの聖アリア〉の項より

アリアは黒いローブをまとった哨兵《しょうへい》のごとく、自分の聖殿である〈啓示の大聖堂〉——通称〈アリアの大聖堂〉の南壁から突きだしたテラスに立っていた。この〈大聖堂〉は、ポールに仕えるフレメンの一隊が、皇帝の〈大天守〉を取り囲む城壁の一面に接する形で建設したものである。

　アリアは自分の日常におけるこの役割が大きらいだったが、逃げようのないことは承知していた。逃げだそうものなら、関係する全員に破滅が訪れてしまうからだ。巡礼たちの（まったく、いまいましいったらありゃしない！）数は日々膨れあがっていく。テラスの真下に見える大聖堂の屋根つき柱廊玄関《ポルティコ》はいまも巡礼でごったがえしている。その隙間をぬって呼び売りする物売りたち、ポール・ムアッディブとその妹の貧弱なまねごとをして商売にはげむ大道巫覡《ふげき》、売卜者《ばいぼくしゃ》、占い師たち。

　この位置からでも見える。呼び売りの目玉商品は、赤と緑のケースに入れて売っている流行り物、〈デューン・タロット〉だ。アリアはいぶかしく思った。あの妙なタロットをアラキーンの市場に供給しているのは何者なのだろう？　なぜいまこのとき、この場所で、あんなタロットが急に流行りだしたのか？　もしかして、〈時の濁乱《だくらん》〉をもたらすため？　香料《スパイス》中毒はつねに、予知に対してある程度の影響を与える。フレメンに第六感が働くのはつと知られるところだ。あれほどおおぜいの巡礼が、いたるところでタロットを使い、ああして吉凶を占っているのは、はたして偶然なのだろうか。なるべく早いうちに答えを見つけよう、とアリアは心に書きとめた。

南東からは風が吹いている。ここ北部一帯を護ってそびえる〈防嵐壁《ぼうらんへき》〉の断崖により、勢いを弱められた風が、断崖の裂け目を抜けて吹いてきているのだ。うっすらとただよう砂塵ごしに、〈防嵐壁〉の陰に沈んだ午後の太陽が、断崖の上縁《じょうえん》をオレンジ色に輝かせているのが見えた。頬をなでてゆく熱い風。それが砂漠への郷愁をかきたてる。広々とした大砂漠の安全が懐かしい。

この日最後の礼拝者たちが下のポルティコからぞろぞろと出てきて、幅が広い緑色石の石段を降りはじめた。単独行動の巡礼もいれば、集団の巡礼もいる。少数の者は何軒かの露店の前で足をとめ、記念品や聖なる護符《アミュレット》を物色しており、なかには最後まで居残った大道巫覡の話を聞いている者もいた。巡礼、嘆願者、街住みの者、フレメン、物売りたち――みな本日の目的や仕事をおえて、乱れた列を作り、境内の外へ連なるヤシの並木路へ出ていこうとしている。並木路の先にあるのは帝都の中心部だ。

アリアの目は選択的にフレメンたちを拾いだした。顔に迷信的な畏怖を刻みつけた硬い表情といい、蛮風《ばんぷう》の名残《なごり》で同胞以外から距離をとる頑《かたく》なさといい、すぐにそれとわかる。

フレメンはアリアの権力の源でもあり、危機の原因でもあった。フレメンはいまも大型の砂蟲《サンドワーム》を移動手段に用い、娯楽の対象としても、生贄を捧げる対象としても使っている。外世界からの巡礼に対しては憤りをいだき、地溝《グラーベン》や皿状窪地《パン》に住む街の住民には不寛容で、路上の物売りのことは冷笑癖があると嫌悪する。剣呑な雰囲気をただよわせるフレメンを押しのける者などいはしない。たとえ〈アリアの大聖堂〉の前にひしめく群衆の中でもだ。〈聖なる境内〉では、いざこざが刃傷沙汰にまで発展することはないが、それでも死体はたびたび見つかっている……いざこざの収まったあとで。

境内から出ていく群衆は砂塵を立ち昇らせていた。その乾いたにおいがアリアの鼻孔をくすぐり、広闊《こうかつ》な砂漠への郷愁を新たにさせた。過去を懐かしむ気持ちがこうも強まっているのは、あの偶人《ゴウラ》がきたからだ。兄が帝座に就く前の、自由奔放に過ごせた日々——。あのころはほんとうに楽しかった。ふざけあう時間や、つまらないことに費やせる時間、すずしい未明や日暮れを楽しむ時間が持てた。時間……そう、時間……いろいろなことをする時間があった。あのころは危険なことさえも愉悦に満ちていたものだ。それは正体の知れている、怪しげなところのない危険だった。予知能力を限界まで駆使して、くすんだヴェールごしにもどかしい思いをしながら、必死に未来をかいま見る必要などなかった。

砂漠住みのフレメンは、悩みなき砂漠の暮らしを的確にこう言い表わす。

〝隠せぬものが四つある。愛情、煙に、火柱と、開けた砂漠をゆく男〟

突然、眼下の光景に耐えられなくなったアリアは、テラスをあとにして屋内の影に入り、〈大聖堂〉の天井付近を一巡する回廊を大股で歩いていった。この回廊からは、アリアを礼拝する場所、蛋白石色《オパール》の光沢を帯びた〈啓示の大広間〉を見おろせる。床のタイル上にうっすらと積もった砂を踏むたびに、ジャリッ、ジャリッという音がした。

（嘆願者どもときたら、いつもいつも平気で〈聖室〉に砂を持ちこんでくるんだから！）

たちどころに、侍者、衛士、聖職者候補、そこらじゅうにいる聖職省《クィザーリット》の司祭／追従屋が群がってきた。だが、その者たちは無視して螺旋《らせん》スロープを昇っていき、上の私用区画にあがる。数脚の長椅子や毛足の長いラグ、吊りテント、砂漠の暮らしを思いださせる品で埋まった私室に収まると、フレメンの女戦士たちに――これはスティルガーの指示を受け、アリアの身辺警護につく者たちだ――出ていくよう命じた。

（警護というよりもお目つけ役ね、むしろ！）

全員、不満の声を洩らしながらも、それでもスティルガーよりアリアのほうが怖いので、しぶしぶ退出していった。やおらアリアはローブを脱ぎ捨て、衣服をすべて脱ぎちらかし、ひもで首にかけた鞘入りの結晶質《クリス》ナイフだけを残して浴室に向かった。

あ、あの男が近くにいる。それはわかっている。未来におけるその存在はちらつくものの、シルエットになっていて、はっきりと視認できない男。いまいましいことに、予知能力をもってしても、その男の素顔を見ることはできない。ほかの者の生を走査しているさい、思いがけない瞬間において、ふとその存在が感じとれるだけだ。でなければ、無邪気さと欲望がないまぜになった境地において、まわりから隔絶された暗闇の中、ぼやけた輪郭という形で遭遇することもある。男は定まらぬ地平のすぐ向こうに立っており、かつてなく真剣に能力の限りを尽くしたなら、その男の顔が見えるのではないかという印象があった。男はそこにいる――アリアの意識を絶えず脅かす存在、苛烈で危険で非道徳的な存在が。

床を掘りこんだタイル張りの浴槽内に足を踏み入れた。すぐさま、温かい湯気に全身を包まれた。入浴は数知れぬ教母たちから受け継いだ記憶に――発光ネックレスに綴《つづ》られた真珠のごとく、意識の中に連綿と連なる無数の教母たちの記憶に――見いだした習慣だ。水は――タイル張りの浴槽に張った湯は――すべりこむアリアの肢体を温かく受け入れてくれた。随所に赤い魚の意匠をちりばめた碧《みどり》のタイルは、周囲に海の光景を再現している。ただ人間のからだを洗うだけのために、この小空間で、こんなにもふんだんに水を使う。こんなところを見たら、古株のフレメンは憤死するだろう。

あの男が近くにいる――。

これは肉欲と貞節の綱引きね、とアリアは思った。自分の肉体は連れあいを求めている。

教母として群居洞《シエチ》の性宴を取りしきったこともあるアリアにとって、セックスはたいして神秘的なものではない。心に宿る他者たちの同心意識《タウ》——群居洞《シエチ》共同体特有の一体感は、アリアの好奇心が求めるままに、どのような性交の形でも知識を与えてくれる。あの男が近くにいるという感触は、肉体が肉体を求める衝動以上のものではないのかもしれない。

じっとしていてはまずいと思う反面、温かい湯から離れがたくもあった。

それでもアリアは意を決し、しずくをしたたらせて浴槽を出ると、からだも拭かぬまま、全裸で大股に歩いて浴室をあとにし、寝室にとなりあう鍛練室に入った。鍛練室は細長い作りで、天窓がついている。室内にそろえてあるのは、達意のベネ・ゲセリットをさらに鍛えあげ、究極の肉体的・精神的意識／覚悟を得るための、かさばるが繊細な機器群だ。記憶力増幅装置、手指と足指を強化して敏感にするためのイクス製指機能開発装置、臭気合成装置、触知強化装置、温度勾配フィールド、はたから見ぬかれやすいくせがつくのを防ぐためのパターン検知警告装置、アルファ波反応の訓練装置、明所／暗所／スペクトル解析能力を向上させるための明滅シンクロナイザー……。

壁の一面には文章が書きつけてあった。ひとつひとつの文字は十センチ角ほどもある。いつも肝に銘じておくよう、アリアがみずから書きつけた、ベネ・ゲセリットの基本的な信条だ。そこにはこう書いてあった。

〈われらよりも前、学ぶための方法はみな本能で損なわれていた。われらは学びの方法を
学んだ。われらよりも前、本能に導かれた研究者には、集中して研究できる期間に限界が
あった。それはしばしば人ひとりの寿命よりも短いものであった。その者たちにとっては、
人生五十回分以上もの長きにわたって継続されるプロジェクトなど、夢のまた夢。筋肉／
神経の完璧な制御という概念は、まだ当時の者たちの意識になかったのである〉
　鍛練室の奥へ進むと、何千という自分の鏡像が目に入った。剣術修行用の対戦人形には、
心臓の位置で振動している複数の水晶プリズムがある。その表面に姿が映りこみ、自分が
何千もいるように見えるのだ。人形の手前で壁際にしつらえられた剣架には、ひとふりの
長剣が待っていた。それを見て、アリアは思った。
（そうだわ！　へとへとになるまで鍛えよう。肉体をいじめて精神を研ぎ澄ませるのよ）
　長剣はしっくりと手になじんだ。首にぶらさげた鞘から結晶《クリス》質ナイフを抜き、こちらは
左手で構え、右手に持った剣の切先で人形の起動ボタンをつつく。人形の防御シールドが
ほのかな光を発しながら展開するにつれて抵抗が増していき、剣尖《けんせん》をゆっくりと、しかし
確実に押し返してきた。
　プリズム群がきらめく。突くべき的を示す投射光の光点がすっと左へ動く。
　その動きを追って左に剣尖を動かしながら、いつものようにアリアは思った。

（この対戦人形、まるで生きているようね）

しかしこれは、サーボモーター群と複雑な反応回路群の集合体でしかない。その目的は、視線を誘導して人形の攻撃から注意をそらし、訓練者をまどわせ、指導することにある。これは対自己訓練用の個体で、アリア固有の反応に応じて反応し、固有の動きに対応して動くように設定してあり、プリズム群の角度を調整しては的となる光点を遊動させつつ、隙をついて剣で攻撃してくる仕組みだった。

だしぬけに、何本もの剣が突きだされてきたかに見えた。プリズムが放つ光の眩惑だ。そのなかに一本だけ、実体を持つ本物の剣が混じっている。アリアはその一本を見きわめ、受け流し、適切な剣速で長剣を突きだして――突く速度が速すぎれば力場に押し返されてしまう――シールドを刺し貫き、人形の光点を的確に突いた。即座に有効打と判定され、プリズム群のあいだに得点マーカーが点《とも》った。明るく光る赤い輝点がそれだ。この得点によって、以後は視線をまどわせる光剣の投射範囲が広がることになる。

ふたたび、対戦人形が攻撃してきた。さっきよりもマーカーひとつぶん、攻撃の速度があがっている。

アリアはこれも受け流し、はなはだ無謀なことを承知で危険ゾーンに踏みこむと、的の光点に結晶質《クリス》ナイフを突き立て、ふたたび有効打をとった。

プリズム群に点る得点マーカーがふたつになった。

三たび、対戦人形が襲いかかってきた。攻撃速度をさらに一段あげ、脚部のローラーで敏捷に動きながら、アリアの肉体と剣尖の動きに同期して、磁石が吸いついてくるように攻めてくる。

攻撃され――受け流し――突く。

攻撃され――受け流し――突く。

以上でマーカーは四つになり、人形はますます危険な相手となった。マーカーがひとつ点るたびに人形の反応速度があがり、眩惑攻撃の範囲も広くなっていくからだ。

マーカー五つ。

全裸の肌に汗の膜が光りだす。いまアリアの宇宙を構成するものは、襲いくる光の剣、対戦人形、素足の裏が触れる鍛練室の床、感覚／神経／筋肉――動きに対応する動き――それだけしかない。

攻撃され――受け流し――突く。

マーカー六つ……七つ……

八つ！

いまだかつて、八輝点モードに挑戦する危険を冒したことはない。

心の片隅に切迫した思いが湧きあがり、こんな無謀なまねはよせと叫んだ。プリズムに内蔵された計器と対戦人形には思考力がなく、配慮も容赦もない。そのうえ実体の長剣を携えている。そのようなものを相手に鍛練する目的はただひとつ、格上の敵と戦う修練を積むことだ。実体を持つ本物の剣は、修行者を負傷させることもあるし、死なせることもある。そして、帝国で最強の剣士たちといえども、マーカー七つ超えのモードで修行したためしはない。

九つ！

アリアは著しい気分の高揚をおぼえた。実体剣と光点的の動きは、もはや目で追えないほど速い。必死に対処するうちに、右手の剣が命を宿したように感じられてきた。いまや自分自身も対戦人形だ。自分が剣を動かしているのではない。剣が自分を動かしている。

十！

十一！

その瞬間、なにかが肩の上をかすめ、対戦人形を包むシールドの力場で減速しつつも、とうとうシールドを貫通し、作動停止ボタンを突いた。たちまち、マーカーの光がすべて消えうせ、プリズム群と光点の的は動きの途中で凍りついた。

アリアはすばやくふりかえった。闖入者《ちんにゅうしゃ》に腹を立てるいっぽうで、全神経を集中させ、臨戦体勢をとったのは、ナイフで人形を停止させた何者かの圧倒的技倆《ぎりょう》を警戒したからだ。投擲《とうてき》のタイミングは完璧だった。投擲の速度も、シールドを貫通する程度には速く、撥《は》ね返されない程度に遅い、絶妙の塩梅《あんばい》だった。

しかもナイフは、投射される光点的《まと》が停止ボタンとぴたり重なる瞬間をとらえていた。的の直径はたったの一ミリしかなく、十一マーカー・モードでめまぐるしく動きまわっていたというのにである。

アリアは自身の感情と緊張とが、対戦人形の緊急停止と似ていなくもない形で、一気にほぐれるのをおぼえた。ナイフを投げたのがだれだかわかっても、すこしも意外ではない。

ポールは鍛練室の戸口の、すぐ内側に立っていた。その三歩うしろにはスティルガーも控えている。兄が目を怒らせているのがわかった。

自分が全裸であることに気づき、布かなにかで隠そうと思ったものの、それも滑稽《こっけい》かと思いなおした。ひとたび目で見てしまったものは、記憶から消せはしない。ゆっくりと、結晶質《クリス》ナイフを首から吊った鞘にもどす。

「予想して当然だったわね」とアリアはいった。

「あれがどれほど危険なことか、わかっていると思うんだがな」

ポールはそういって、妹の顔と肢体に表われる反応をじっくり探った。はげしい運動で赤く上気した肌、濡れ濡れと艶めいた豊かな唇。そこには、妹に具《そな》わっているとは思いもよらなかった女性らしさがあった。こんなにも近しい人物だというのに、ふだん見慣れてすっかり目に焼きついているアリアらしさはどこにもない。なんとも不思議な気分だった。

スティルガーが歩み出てきて、ポールのとなりに立ち、むっとした声でいった。

「正気の沙汰ではありませんぞ」

怒っているように聞こえるが、その声にも眼差しにも、はっきりと畏怖がにじんでいた。

「十一マーカーとはな」かぶりをふりふり、ポールがいった。

「邪魔さえ入らなかったら、十二にしていたところなんだけれどね」アリアはそういったものの、ポールの凝視を受けてたじたじとなり、急いでつけくわえた。「だって、だれも挑戦しない前提なら、どうしてあんなにたくさんのマーカーがセットされてるのよ」

「ベネ・ゲセリットたる者が、制限なき開放型システムにこめられた意図を問うのか？」

「そんなことをいうけど、にいさまは七つまでしか挑戦したことがないんでしょ！」

またぞろ兄に腹が立ってきた。兄の保護者ぶった態度が癇《かん》にさわる。

「あるさ。一度だけだがな」ポールは答えた。「十マーカーに挑戦したとき、ガーニー・ハレックに見つかった。とんでもない罰を受けさせられたよ。どんな罰かは恥ずかしくていえないがね。恥ずかしいといえば、その格好も……」

「こんどから、くるならくると、事前に先触れしておいてほしいものね」

アリアはポールの横をすりぬけ、寝室に入り、ゆったりしたグレイのローブを見つけてはおると、壁の姿見を見ながら髪をとかしはじめた。汗みずくだし、やるせないしで――それも、性交でもしたあとのようなやるせなさだ――もういちど湯浴みしたくもあり……眠ってしまいたくもあった。

「なんの用？」アリアは問いかけた。

「わが君《ム・ロード》」スティルガーがポールに声をかけるのが聞こえた。

その声に懸念の響きを聞きとって、アリアはふりむき、スティルガーを見つめた。

「イルーランの提案を報告しにきた」ポールは切りだした。「聞けばあきれると思うが。イルーランは信じているんだ。スティルガーの手元に集まった情報もそれを裏づけているように見える。つまり、われわれの敵は、きわめてだいそれた――」

「ム・ロード！」スティルガーの声が険しさを増した。

ポールが物問い顔をスティルガーに向けた。アリアは依然として老フレメンの指導者《ナイーブ》を見つめつづけた。その顔のなにかが、結局はこの男も迷信深い人間だったかという思いを強くさせずにはおかない。スティルガーは身近に超自然的世界があると信じこんでいる。そんな妄念に見あう素朴で異教的な迷信を聞かせてやれば、この男のいだく疑念はすべて解消する。スティルガーが拠って立つ〝自然〟の宇宙は猛々《たけだけ》しく、押しとどめようがなく、帝国の普遍的な道徳観を欠くものにほかならない。

「なんだ、スティル」ポールがいった。「ここへきた理由を自分の口で伝えたいのか？」

「いまはそのような話をしている場合ではありません」

「では、なにが問題なんだ、スティル」

スティルガーはアリアを見すえたまま、

「あのありさまがごらんになれませんか」といった。

ポールがアリアに顔をもどした。困惑がじわじわと頭をもたげはじめるのがわかった。側近のなかでも、ポールにこのような口調で直言するのはスティルガーだけだ。しかし、そのスティルガーでさえ、直言をする時と場合をわきまえている。

「妹君にはもう婿殿をお迎えせねばなりません！」スティルガーは腹のうちをぶちまけた。「このままではトラブルを招きます。結婚していただかねば。それも、早急に！」

アリアはくるりと背を向けた。顔がひとりでに赤らんだからだ。

（スティルガーなんかに動揺させられるなんて！）

ベネ・ゲセリット仕込みの自制力をもってしても、赤面をとめることはできなかった。どうしたらこんなまねができるのだろう。スティルガーには〈繰《から》り声〉など使えないのに。

アリアはうろたえると同時に、怒りをおぼえた。

「偉大なるスティルガーさまのおことばよ、よく聞きなさい！」ふたりに背を向けたまま、アリアはいった。われながら、つんけんした声なのがわかったが、これは抑えようがない。

「フレメンの雄、スティルガーさまが乙女たちに向けた助言だもの！」

「ご両所をお慕いしているからこそ、申しあげねばならんのです」スティルガーはいった。その声には深い尊厳がにじみでていた。「なにが男女をいっしょにさせるのかわからずに、フレメンの頭株になれるはずもない。神秘的な力はなくとも、そんなことはわかります」

ポールはスティルガーの意図を察し、いましがたの顚末を顧みて、この場にいる三人が三人とも、兄が自分の妹に対し、否定しようのない男性的反応を示すところを目撃したと理解した。そう——アリアにはなまめかしい雰囲気、なにかしらひどく淫《みだ》らなものがある。そもそも、なぜ鍛練室に全裸で入ったりした？　しかも、あんなに無謀な形で身を危険にさらすとは！　剣術プリズムのマーカーを十一個も点灯させただと？　心の中で大写しになり、目の前にそそりたつ思考力のない自動人形は、大むかしに猛威をふるった恐るべき戦闘機械の要素をすべて具えている。現代でこそ、この手の機械を持つことも許されてはいるが、かつてはこれを所持することにだれもが罪悪感を持っていたし、いまなおそれを引きずる者たちは多い。そのむかし、この手の機械はすべて人工知能で制御されていた。

〈バトラーの聖戦《ジハード》〉により、そんな時代は終焉を迎えたが、このようなものを囲うという貴族的悪弊はついに終焉を迎えることがなく、へたをすれば火種となる。

もちろん、スティルガーは正しい。アリアには相手を見つけてやらねばならない。

「それはこちらでなんとかするさ」とポールはいった。「あとでアリアと話しあおう——ふたりきりでな」

アリアはふたたびうしろを向くと、こんどはポールを見つめた。兄の精神がどのような働き方をするかは知っている。いまの自分はいかにも演算能力者《メンタート》らしい意思決定の対象であり、人間＝演算機械の脳内において処理される、数かぎりない情報の断片群でしかない。その認識は問答無用で訪れた——まるで惑星の運行のように、容赦なく。そこには宇宙の秩序にも通じる、避けがたく恐ろしい真理があった。

「ム・ロード」スティルガーが食いさがった。「それについては、やはり——」

「いまはいい！」ポールは語気を強めた。「いまはそれよりも優先すべき問題がある」

兄とは理屈を戦わせないほうがいい——そう判断したアリアは、ベネ・ゲセリット流に意識を切り替え、いままでのやりとりを忘れて問いかけた。

「ここへはイルーランにいわれてきたの？」

もしそうだとしたら、用心して臨まねばならない。

「じかにいわれたわけではないがな」ポールが答えた。「イルーランが提供した情報は、航宙ギルドが砂蟲《サンドワーム》に行なおうとしている企みに関して、われわれがいだいていた疑念を裏づけるものだった」

「やつらめ、小型の個体を捕獲して、外世界でも香料《スパイス》の生成循環を確立せんともくろんでいるのです！」スティルガーがいきまいた。「それはつまり、香料《スパイス》生成に好適と判断した惑星を、やつらが見つけたことを意味します」

「だとしたら、フレメンにも協力者がいるということになるじゃない！」アリアは異論を唱えた。「外世界人に蟲《ワーム》を捕獲できるはずがないもの！」

「いわずもがなのことです」

「でも、そんなことって」それでもアリアは否定した。自分の鈍さに腹が立つ。「ポール、まさか、ほんとうに……」

「腐敗はすでに浸透している」ポールは答えた。「それはずいぶん前からわかっていた。しかし、くだんの惑星はまだ観えない。気がかりなのはそこだ。もしも敵が――」

「気がかりなのはそこだ？」アリアは聞きとがめた。「そんなもの、操舵士たちを使って、その惑星の位置を隠しているからに決まってるじゃないの！　聖域惑星を隠しているのと同じやりかたで」

ステイルガーが口を開いたが、なにもいわぬまま、その口を閉じた。畏怖するふたりが、余人の口から出れば冒瀆《ぼうとく》とされる弱さをみずから認めたことで、打ちのめされてしまったらしい。

ステイルガーの狼狽を感じとり、ポールがいった。

「喫緊《きっきん》の問題はそれじゃない！ おまえの意見を聞かせてくれ、アリア。ステイルガーは巡邏《じゅんら》隊の哨戒範囲を大砂原《おおすなばら》の奥地にまで広げて、群居洞《シエチ》の監視も強化するべきだという。軌道から降りてくる降下船と捕獲チームをそれで未然に見つけられれば、蟲《ワーム》の捕獲を防ぐことも――」

「まさか、操舵士みずからが？ 降下船なんかを誘導してくるというの？」

「向こうも必死なのさ。わかるだろう？」ポールはうなずいた。「だからこそ、おまえに相談しにきたんだ」

「わたしたちがふたりとも観ていなくて、かつ操舵士が観たものを探るため？」

「そのとおり」

アリアはうなずき、いま流行の〈デューン・タロット〉を見たときにいだいた気持ちを思いだした。すぐさま、あのとき感じた恐怖の源を数えあげていく。

「連中はな、われわれふたりに目隠しをしようとしているんだ」ポールがいった。

「充分な数の巡邏隊を送りだせば」スティルガーが意見をはさんだ。「未然に防ぐことは可能かと──」

「なにも防げはしないわよ……永久にね」アリアは答えた。

このところ、スティルガーの考え方には釈然としないことが多い。視野がせまくなっていて、明白な本質を意識から排除したがる。これはもうアリアがよく知っている人物ではない──むかしのスティルガーではなかった。

「蟲《ワーム》捕獲の現場を押さえるしか手はあるまい」ポールがいった。「よその惑星で香料《スパイス》生成循環を確立できるかどうかはまた別の問題だ。必要なのは蟲《ワーム》だけではないからな」

スティルガーは兄から妹に視線を移した。群居洞暮《シエチ》らしで培われた生態学的な思考から、ふたりの意図を察したのだ。捕獲された蟲《ワーム》は、アラキス固有の要素なくして生存できない。砂プランクトンや〈小産砂《こうぶすな》〉、その他もろもろの要件を満たす必要がある。ギルドが解決すべき問題は多い。絶対に実現不可能というわけではなく、そこが心配の種ではあったが──スティルガーの心に横たわっているのは、急速に膨れあがっていく別種の心配だった。

スティルガーはたずねた。

「では、ムード・ロードの幻視は、ギルドの動きをとらえてはおられぬと？」

「いまいましいことにな！」ポールは吐き捨てるように答えた。

アリアはスティルガーを観察し、その心中に渦巻くいくつもの野蛮な観念を感じとった。スティルガーがポールに求めてやまないのは超常的な力だ。魔法を！　もっと魔法を！　未来を覗き見るということは、聖なる炎から畏るべき炎を盗むのに等しい。それは究極の危機を招きよせ、危険に触れて喪《うしな》われた魂を呼びよせる。そして、形を持たぬ彼方、危険あふれる彼方から、形あるなにか、力あるなにかを持ち帰る——そういうことだ。しかしスティルガーは、そこに別種の力を感じはじめていた。おそらくは、未知の地平の彼方に存在するはずの、もっと大きな力を。なぜなら、スティルガーが畏怖する〈女王魔女〉と〈魔術師の友〉——つまりアリアとポールは、最前のやりとりで危険なまでの弱みを露呈してしまったからである。

「スティルガー」アリアはいった。なんとしても、この男の動揺は抑えておかなくては。「あなたが立っているのは砂丘の谷間。わたしが立っているのは砂丘の頂。わたしには、あなたに見えないものがいろいろと見えている。そして、そのいろいろなもののなかには、〈防嵐壁《ぼうらんへき》〉も含まれているの——その向こうにあるものを覆い隠す大絶壁がね」

「それはつまり、あなたには見えないものがあるということでしょう」とスティルガーは答えた。「つねづねおっしゃっているように」

「あらゆる力には限界があるものなのよ」

「そして、〈防嵐壁〉の向こうから危険が襲いくるかもしれないと」

「なんらかの危険がね」

スティルガーはうなずき、ポールの顔に視線をすえた。

「加えて、〈防嵐壁〉の向こうからなにがくるにせよ、砂丘の連なりを越えねばならない
――そういうことですな」

宇宙においてもっとも危険なゲームとは、予言に基づいて政治を行なうことだ。われわれはみずからを、そのようなゲームに興じるほど賢明とも勇敢とも考えてはいない。以下に、瑣末《さまつ》なことがらにかかわる規程を遵守するためのさまざまな手順を詳述する。これらの手段はみな、われわれが政府に接近できる、ぎりぎりの許容範囲内にあるものである。われわれの目的のために、ここでベネ・ゲセリットの定義のひとつを借りて、多様な惑星は遺伝子プールであり、教育と教師の供給源であり、可能性の源泉であると見なそう。われわれの目的は支配することにではなく、そのような遺伝子プールを活用し、学び、属領と帝国政府に強要される軛《くびき》から自身を解放することにある。

——『操舵士便覧』第三章

「政治の道具としての饗宴《きょうえん》」

「あそこが父君の亡くなったところでしたか」

エドリックが重力中和タンクからビーム・ポインターを放ち、ポールにたずねた。応接サロンには、壁の一面に何枚もの浅浮き彫り《レリーフ》の地図が飾られている。ポインターが指したのは、その一枚の一ヵ所に埋めこまれた宝石のマーカーだった。

「あれは父の頭骨を収めた岩の祠《ほこら》だ」ポールは答えた。「父は虜《とりこ》となり、ハルコンネンの哨戒艦で亡くなった。帝都のすぐそばにある陥没地でのことだ」

「おお、そうだった。たったいま、あの物語を思いだした。積年の仇敵、ハルコンネンの老男爵を殺したときの話でしたな」

エドリックはそういいながら、自分の恐怖をなるべく表に出すまいと努めていた。この部屋のような閉所に閉じこめられていると、恐ろしくてしかたない。オレンジ色の気体の中に浮かんだエドリックは、からだをひねり、ポールに視線を向けた。皇帝は灰色と黒の縞柄でおおわれた長椅子に単独ですわっている。

「男爵を死なせたのは妹だ」ポールは答えた。口調も態度もそっけない。「アラキーンの戦いがはじまるまぎわのことだった」

答えながら、ポールはいぶかった。このギルドの半魚人、なぜこのとき、この場所で、わざわざ古傷を開こうとする？

操舵士は抗萎縮エネルギーを押し隠そうとする戦いに敗れつつあるらしい。謁見の間ではじめて顔を合わせたときの、あのものうげな動きは姿を消している。その小さな双眸《そうぼう》はあちこちに動き、いろいろなものを探り、量っているようだ。ポールの左、突きあたりの壁の前に整列しているのは、皇帝の身辺を警護する衛士たちだった。このサロンまで同行してきたエドリックの随員はひとりだけで、その者もやはり衛士たちのそばに立っている。しかしこれは、ひどく異様な随員だった。見あげるばかりの大男で、頸《くび》も太く、虚無的な顔には表情がない。懸架フィールドで浮揚する大使のタンクを押してサロンに入ってきた随員は、足を引きずるようにしてのそのそ歩き、両手を腰にあて、ひじを張り、片ひじでタンクをこづくようにして押していた。

（スキュタレー、とエドリックは呼んでいたな。これはスキュタレー、わが補佐官だと）

一見、愚鈍そうに見える補佐官だが、その目には本性が表われていた。これは目につくすべてを冷ややかに嘲笑する目だ。

「陛下の愛妾どのには踊面術士《フェイスダンサー》どもの芸を楽しんでいただけたと見える」とエドリックはいった。「ささやかな芸を披露できて、幸甚の至り。術士全員が彼女の顔になってみせたときの反応には、とりわけ楽しませていただきましたぞ」

「伎芸や贈り物をもたらすのがギルドマンとなると、警戒の要がありそうだな？」

ポールの意識にあるのは、ついさっき大広間で見せられたパフォーマンスのことだった。〈デューン・タロット〉に描かれた衣装と扮装で入ってきた術士たちは、一見ランダムなパターンで顔の造作を変化させ、〈炎の渦〉や〈太古の宇宙図〉の図柄を浮きあがらせた。つづいてそこに現われたのは、さまざまな支配者の顔だった。古《いにしえ》の王や皇帝の、貨幣に刻印された顔、威儀を正したしかつめらしい顔、それでいて液体じみた顔が、つぎつぎに切り替わっていく。最後に変身のパフォーマンスは笑いを誘うモードに入った。ひとりがポール自身の容貌と体格を完全にコピーしてみせたかと思うと、こんどは大広間じゅうにおおぜいのチェイニーが出現し、さらにスティルガーの姿を模した者までも登場したのだ。当のスティルガーはいらだちの声を洩らし、身をわななかせたが、ほかの者たちは大喜びだった。

「しかし、われわれの贈り物は純然たる善意に基づくもので」エドリックが反論した。

「どこまで善意かは怪しいものだ」ポールは切り返した。「貴下が贈り物としてよこした偶人《ゴウラ》は、われわれを破滅させるために遣わされてきたと信じているぞ」

「陛下を破滅？」エドリックは泰然と答えた。「はたして神を殺せるものやら」

このことばの最後のあたりで入室してきたスティルガーが、ぴたりと足をとめ、衛士に険しい目を投げかけた。衛士たちとポールとの距離は、許容しがたいほどに離れている。スティルガーは目を怒らせ、もっと近づくよう、手ぶりでうながした。

「だいじょうぶだ、スティルガー」ポールは手をあげて制した。「友好的に議論していただけだからな。それより、大使どののタンクを長椅子の横まで押してきてくれないか」

スティルガーはためらいを見せた。指示にしたがえば、ポールと大柄な補佐官の中間にタンクを配さざるをえない。それはまだしも、さすがに長椅子の横は近すぎる……。

「だいじょうぶだ、スティルガー」

ポールはくりかえし、アトレイデス家に伝わる手信号を送った。この命令は絶対だ、というサインだ。

いかにもしぶしぶのていで、スティルガーはタンクをポールのそばに近づけはじめた。周囲に濃厚なメランジ臭をただよわせるタンクがよほど気にいらないのだろう、タンクの一角にだけ手を当てて押している。その一角の上の空間では一台の装置が旋回しており、操舵士の声はそこから流れ出ていた。

「神を殺すというのか？」ポールはいった。「なかなかに興味深い。しかし、余が神だと、だれがいった？」

「陛下を崇拝する者たちが」エドリックは答え、意味ありげにスティルガーを見やった。

「貴下はそう信じているわけだ？」

「自分がなにを信じるかは重要ではありますまい、陛下。とはいえ、たいていの観察者の目には、陛下がご自身を神の座へ祭りあげようと企んでいるかに映っているはず。そうであれば、このような疑念を持つ者も出てくるでしょうな――はたして神の座へは定命《じょうみょう》の者がいたれるものなのか……それも、自身の身に危険がおよぶことなく、と」

ポールはギルドマンを観察した。見るからに不気味な存在だが、洞察力はある。いまの疑問は、ポール自身、何度も自問してきたことだからだ。とはいえ、ありうべき時間線を無数に観てきたポールは、神性を受け入れるよりも悲惨な未来――はるかに悲惨な未来が無数にあることを知っている。もっとも、そのような時間線の数々は、たやすく覗きうるものではない。一介の操舵士ごときが観測できる範囲を超えている。妙だ。なぜこの者はいまの疑念を持ちだした？　こうしたあつかましい行為からエドリックが得られるものはなんだ？　ポールはさまざまな可能性を一瞬のうちに考察した。

（この行動の裏にトレイラクス会の関与あり）――フリック
（聖戦《ジハード》が最近、惑星センボウで勝利したことで、エドリックの言動には説明がつく）――フリック

（ここにはベネ・ゲセリットのさまざまな信条が表われている）――フリック……

何千という情報の断片を含む演算過程が、演算能力者《メンタート》としての意識の中でみるみる処理されていった。それでも、処理をおえるまで三秒はかかったろうか。

「操舵士たる者が、予知のガイドラインに疑念を呈するのか？」ポールは問いかけた。

これはエドリックのもっとも弱いところを突くことばだ。

この問いかけに、操舵士は動揺を見せたものの、どうにか表面をとりつくろい、長々と格言めいた答えを返した。

「識者は予知という事実に疑念をいだきはせぬものと思し召せ、陛下。啓示による幻視は、はるかなむかしから人類の知るところ。そこにはわれわれを巻きこむ力が働き、その力はわれわれがすこしも予知を疑わない場合にかぎって効力を発揮する。さいわいなことに、われわれの宇宙には、別種の力がいろいろと……」

「予知能力よりも大きな力がか？」ポールは斬りこんだ。

「予知能力が実在して、それがすべてに超越するのであれば、陛下、予知能力者は自滅をまぬがれますまい。予知能力がすべてに超越する世界？　みずから滅びゆく以外、どこにそのような力が存立する余地があるといわれる」

「たしかに、人類はそうした能力をたやすく受け入れはすまい」ポールは同意した。

「そもそも予知とは不確実なもの——幻覚による混乱を考慮に入れずとも」

「すると、わが幻視は幻覚以上のものではないというのだな？」ポールは残念そうな声を装い、問いかけた。「それとも、余の崇拝者が幻覚を見せられているといいたいのか？」

両者のあいだに緊張が高まるのを感じとったスティルガーは、一歩ポールに近づくと、タンクの中でくつろぐギルドマンをきっとにらんだ。

エドリックが抗議した。

「陛下、それはわが言に対する曲解だ」

そのことばには、奇妙に暴力性を感じさせる響きが宿っていた。

ポールはけげんに思った。

（ここで暴力をふるう気か？　いや、そこまで無謀なまねはすまい！　ただし——）と、ここで衛士たちにちらりと目をやって、（——皇帝を護るはずの武力が、皇帝を排除するために使われれば話は別だ）

「しかし貴下は、余が自分を神の座に祭りあげようと企んでいるとなじったではないか」

エドリックとスティルガーだけに聞こえる声で、ポールはいった。「企むという表現は、おだやかではないぞ」

「これはしたり、ことばの選択をあやまったようで、陛下」

「しかし、その含みは重い」ポールはたたみかけた。「それは貴下が、余を最悪の君主になると予想していることを意味する」

エドリックは頸をたわめ、不安の眼差しを横にいるスティルガーに向けて、

「人民とはつねに、富裕者と権力者が最悪に走ることを想定しているもの。俗にいうではありませんか、貴族を見分けるのはたやすい、悪徳だらけですぐ悪名を馳せるから、と」

スティルガーの顔がひくついた。

ポールはそれに気づき、スティルガーの心に去来する思いと怒りを感じとった。〝このギルドマンめ、よくもムアッディブにそんな口がきけたものだな〟。そう憤っているのだ。

「もちろん、それはジョークでいっているのではないだろうな？」ポールはいった。

「ジョーク？　はて、ジョークとは、陛下？」

ポールは口の中が渇くのをおぼえた。このサロンにいる人員はあまりにも数が多すぎる。自分が呼吸した空気はあまりにも多くの者の肺を通過しすぎる。エドリックのタンクからただようメランジ臭も脅威を感じさせる。

「そのような企みの片棒をかつぐのは、さて、何者だろうな？」すこし間を置いてから、ポールは問いかけた。「たとえば——聖職省《クィザーリット》か？」

エドリックは肩をすくめた。頭を取りまくオレンジ色の気体がその動きでかき乱された。

エドリックはもはやスティルガーに意識を向けていないが、フレメンのほうは依然として大使をにらみつづけている。

「つまり貴下は、聖職者で構成するわが教導団が――その全員が――巧妙な偽りの教えを説いている――言外にそうほのめかしているのだな？」

「それは各人の私欲と誠意の問題ではありませんかな」エドリックは答えた。

スティルガーがローブ下の結晶質《クリス》ナイフに手をかけた。

ポールはかぶりをふって制し、大使にはこういった。

「つまり、貴下は余に誠意がないとなじるわけだ」

「はてさて、〝なじる〟というのは適切なことばでありましょうか、陛下」

（食えぬ半魚人め！）とポールは思い、ことばに出してはこういった。

「なじるのであれ、そうでないのであれ、貴下の言いようは、わが司教たちと余を指して、権力欲に凝り固まった簒奪者《さんだつしゃ》呼ばわりしているのと変わらぬぞ」

「権力欲、とおっしゃるか、陛下？」エドリックはふたたびスティルガーに視線を向けた。

「あまりにも多くの権力を持ちすぎた者は孤立する傾向にある。最終的に、その手の者は現実を見失い……没落する」

「わが君《ム・ロード》」スティルガーがうなるように口をはさんだ。「かくも不遜な物言いでなくともム・ロードが処刑なさった臣下は、過去に何人もおります」

「臣下は処刑したが」ポールは答えた。「この者はギルドの大使だ」

「いうにことかいて、わが君を指して聖性を騙《かた》るペテン師呼ばわりしたのですぞ！」

「この者の考え方には興味深いものがある、スティル。怒りを収めて注視していよ」

「……ムアッディブの仰せのままに」

「ひとつ、ききたい、操舵士」ポールはいった。「かりに、その欺瞞が行なわれているとしよう。これほど広漠たる時空において、その欺瞞を継続できるものか？　そのためには、あらゆる伝道活動を監視するとともに、聖職省《クィザーリット》が各惑星に置く小修道院と聖堂のすべてを調査し、差異をひとつ残らず検査する必要が生じるのではないか？」

「陛下にとって、〝時〟とはなんでありましょう」エドリックが問い返した。

スティルガーが当惑もあらわに眉をひそめた。心の中ではこう思っているにちがいない。

〝ムアッディブはよく、〈時のヴェール〉を透かして先を観るとおっしゃっていたが……

このギルドマン、いったいなにをいいたい？〟

「そのような欺瞞の構造は盤石たるものではあるまい」ポールは操舵士の問いを無視し、欺瞞についての追及をつづけた。「深刻な反目、不和……疑念、罪の告白――欺瞞では、そういったものをすべて抑制することはできまい」

「宗教と私欲が隠せぬものも、政府ならば隠せましょう」

「ふうむ。貴下は余の忍耐の限界をためしているのか？」

エドリックは切り返した。

「すると陛下は、わが言にすこしも傾聴に値する要素がないとおっしゃるので？」

（こいつ、われわれを怒らせて処刑させようとしているのか？）ポールはいぶかしんだ。

（自身の命を生贄にして、こちらから手を出させようとしているのか？）

「冷笑的なものの見方は、むしろ好むところだ」ポールは相手の出方を探ることにした。

「貴下は明らかに、政治方面で虚言を弄し、ことばに二重の意味を持たせ、インパクトのあることばをふるう訓練をみっちりと受けている。貴下にとって、言語は武器でしかない。ゆえに、余の鎧《よろい》をことばでつつき、強度を試していると見た」

「冷笑的といわれるか」エドリックの口が横に大きく広がった。にたり、と笑ったのだ。

「宗教が関与するとき、支配者は冷笑的になるもの――宗教もまた武器であるがゆえに。では、宗教自体が政体となったとき、それはどのような武器になるのでしょうな」

ポールは心の中で身がまえた。この会話、気を引きしめて臨まねばならない。いったいだれに向かってエドリックはしゃべっている？　癪にさわるほど巧妙な話術の裏側には、相手を思いどおりに操るための梃子がたっぷりと仕込まれている。悠然とした口調が含むユーモア、秘密を分かちあっていることを言外にほのめかす雰囲気。その態度は、自分とポールがともに洗練された知識と経験を持ち、一般人には理解のおよばない広大な宇宙を知った人間であるとの認識をちらつかせている。ショックとともに、ポールは気づいた。いままで巧妙な話術を向けられていた主要な対象は、自分ではない。この宮廷を見舞った眩惑的な弁舌は、自分以外の者たちに向けられている――スティルガーに対して、宮廷の衛士たちに対して……そしておそらくは、あの大柄な補佐官に対して。

ポールは答えた。

「余の宗教的権威は押しつけられたものにすぎぬ。そんな権威は端《はな》から求めていない」

そして、心の中でこう思った。

(これでいい！　この半魚人には〝舌戦で勝った〟と思わせておこう！)

「ではなぜ、その権威を返上なさらぬので、陛下？」エドリックはたずねた。

「わが妹アリアのためだ」エドリックの反応を注意深く見つめながら、ポールは答えた。「アリアは女神だからな。アリアの前では言動に注意することだ。さもなくば、ひとにらみで命を絶たれてしまうぞ」

エドリックの口元に浮かびかけていた薄笑いが消え、悦に入っていた表情はショックのそれに取って代わられた。

「いまのは掛け値なしの本気だ」ポールは追い討ちをかけた。

ショックの表情が広がっていく。スティルガーはうなずいている。

ひどく冷たい声で、エドリックはいった。

「いまのことばにより、陛下に対するわが信頼は粉微塵に打ち砕かれたものと思われよ。いうまでもなく、そのような意図でおっしゃったのでしょうがな」

「余の意図を勝手に知った気でいるとは、片腹痛い」

ポールは釘を刺し、スティルガーに謁見終了の合図を出した。

スティルガーの物問いたげなしぐさを受けて——エドリックを暗殺しますかとたずねているのだ——ポールは否定の手信号を出し、スティルガーが自己判断でことを進めぬよう、これが命令である旨を付して念を押した。

おりしも、エドリックの補佐官を務めるスキュタレーがタンク後部の一角に歩みより、扉のほうにタンクの向きを変え、こづくように押した。だが、ポールと面と向かう位置に差しかかったさいに足をとめ、例の冷笑しているような眼差しを向けて、こういった。

「失礼ながら、発言をお許しいただけますでしょうか」

「かまわん。なんだ？」

ポールが答えると同時に、この男がまとう剣呑な空気を警戒し、スティルガーがそばに寄るのがわかった。

「世人いわく」スキュタレーは語りだした。「民草が皇帝の統率力にすがるのは、宇宙が広大無辺だからである——。民草は統一のシンボルがなければ心細いものでございます。心細き者どもにとって、皇帝とは盤石たる拠りどころ。みなは皇帝をふりあおぎ、口々にこう申します。〝見ろ、あそこに陛下がおわします、陛下はわれわれをひとつにまとめてくださるぞ〟。おそらく宗教も同じ目的を担うものでございましょう、ム・ロード」

スキュタレーは愛想よく会釈し、ふたたびエドリックのタンクをこづいてひと押しした。それを最後に、ふたりはサロンを出ていった。エドリックはタンクの中であおむけになり、目を閉じている。ひどく消耗しているようだ。抗萎縮エネルギーをすっかり使いはたしてしまったのだろう。

ポールはのそのそと歩み去るスキュタレーの後ろ姿を見送り、あの男が残したことばの意味を考えた。奇妙な男だった。あのスキュタレーという補佐官、しゃべっているあいだ、そこに複数の人間が存在するかのようなオーラを放《はな》っていた。まるで先祖代々受け継いできたすべての遺伝情報が皮膚ににじみでているかのように。

「妙な男でしたな」だれにともなく、スティルガーがいった。

エドリックと補佐官が退出したあと、衛士の一名が扉を閉めると、ポールは長椅子から立ちあがった。

「妙な男だ」スティルガーはくりかえした。こめかみで血管が脈打っている。

ポールはサロンの照明を落とし、〈大天守〉の切りたった壁面に設けてある窓へと歩みよった。真っ暗な屋外を見おろせば、はるか下方にいくつもの灯火がきらめいて、小虫が群れているように見える。石工の一団が巨大な岩性樹脂《プラスメルド》のブロックを運びこんできたのだ。気まぐれに向きを変えた暴風砂により、〈アリアの大聖堂〉のファサードが損壊したため、その修理をしにきたのだろう。

すぐそばにきていたスティルガーが苦言を呈した。

「軽率でしたぞ、ウスール、あのような化け物を内奥部に招き入れるなど」

(ウスール……。わが群居洞《シエチ》での通り名か。この名を使うことで、スティルガーはかつておれを指導する立場にあったこと、砂漠でおれの命を救ったことを思いださせようとしているんだ)

「なぜあのようなまねを?」すぐ背後から、スティルガーがたずねた。

「データさ。もっとデータがいる」

「演算能力者《メンタート》としてのみの能力であういう脅威と相対するのは、危険ではありませんか」

(見ぬかれていたか)

演算能力者《メンタート》が算出できる範囲は有限だ。いかなる言語の境界内であれ、無限のなにかを計算することなどできない。とはいえ、演算能力者《メンタート》の能力にはそれなりの使い道がある。まあ、いうだけのことはいった。あとはスティルガーの気がすむまで反論させてやろう。

「世の中にはつねに、〝内〟とは相容《あいい》れぬ〝外〟があります」スティルガーはつづけた。

「そして、断固として外に留めおくべきものがあるのです」

「あるいは、内に留めおくべきものがな」

ポールはそう答えて、しばし自身が予知能力者／演算能力者《メンタート》の複合モードに入ることを受け入れた。外、か。たしかにそうだ。そして、内。真に警戒すべきものは内にこそある。どうやって自分自身から自分自身を護れるというのか。敵が自分を滅ぼしにかかっていることは確実だ。しかし、自分がいまいる立場は、敵に滅ぼされるよりもずっと恐るべき、いくつもの可能性に取り囲まれている。

そんなポールの物思いは、廊下を駆けてくる足音で破られた。戸口から飛びこんできた男は、聖職者《クィザーラ》のコルバだった。廊下の明るい光をバックに、その姿がシルエットとなって浮かびあがっている。見えない力によって放りこまれたかのように、室内に勢いよく飛びこんできたコルバは、サロンの薄闇に面食らい、たたらを踏んで立ちどまった。両手には細線記憶媒体《シガワイヤー》のリールを山と載せている。ひとつひとつのリールは廊下からの光を受けて、奇妙な宝石——小さくて丸い宝石のようにきらめいていたが、ややあって、戸口に衛士の手が現われ、扉を閉めるとともに、リールのきらめきも消え失せた。

「そこにおられますか、ム・ロード？」薄闇の中に目をこらしつつ、コルバが問いかけた。

「なにごとだ？」応じたのはスティルガーだった。

「スティルガーか？」

「うむ。ム・ロードもここにおられる。なにがあった？」

「ギルドマンに接見なさると聞き、肝をつぶして駆けつけてまいりましたしだいで」

「肝をつぶす？」これはポールだ。

「みなが申しております、ム・ロードが敵に名誉を施しておられると」

「それだけか？　そんなことより、両手に持っているのは、先に頼んでおいたあのリールだな？」

ポールはそういって、コルバの両手の上で山なすシガワイヤーのリールを指し示した。

「リール……ああ！　さようでございます、ム・ロード。ご依頼いただいた歴史リールでございます。この場でごらんになられますか？」

「もう見た。見てほしいのはスティルガーにだ」

「わたしに？」スティルガーがけげんな声を出した。

　だが、そういってすぐに黙りこんだのは、これはポールの気まぐれにつきあわされると考えたからだろう。歴史だと！　とスティルガーは思ったにちがいない。スティルガーとしては、惑星ゼブルン征戦の兵站《へいたん》データについてポールと相談するつもりでいた。それがギルド大使の急な訪問により、邪魔されてしまったうえ――こんどはコルバの持ってきた資料を使って歴史のお勉強だと！

　ポールはスティルガーにたずねた。

「歴史について、おまえはどれだけ知っている？」

　そして、薄闇の中でそばに立つ指導者《ナイーブ》をじっと観察した。

「ム・ロード、わたしはわが臣民が移り住んだ惑星の名前をすべてあげられます。帝国の版図についても――」

「地球の黄金時代。それについて、勉強したことはあるか？」

「地球？　黄金時代？」

　スティルガーがいらだち、当惑の表情になった。なぜにム・ロードは、時の曙《あけぼの》時代の神話などを持ちだすのか、とそう思っているのだろう。おそらく、スティルガーの頭にはいまもゼブルンのデータが――参謀演算能力者《メンタート》たちのあげてきた積算結果があふれている。攻撃フリゲート艦が二百五隻、収容兵数三十個軍団、支援大隊多数、講和交渉の幹部団、聖職省教導団《クィザーリット》……そして必要なだけの糧食（頭の中にはもう適切な数量が刻まれている）、メランジ……兵器、軍服、勲章……戦死者の遺灰を入れる壺……必要になる専門家の人数──すなわちプロパガンダの材料を仕立てる工作員、事務員、会計員……密偵……防諜を受け持つ密偵……。

おそるおそるといったていで、コルバが口をはさんだ。

「そのほかに、パルス同調装置のアタッチメントも持ってまいりました、ム・ロード」

ポールとスティルガーのあいだに高まった緊張を感じとり、腰が引けているようだ。

スティルガーは左右に首をふった。その思いは容易に想像がつく。

〝パルス同調装置だと？　なぜム・ロードはこのおれにシガワイヤー・プロジェクターの記憶浸透システムを使わせる？　なぜ歴史の特殊なデータをスキャンせねばならんのだ？　こんなことは演算能力者《メンタート》の仕事ではないか！〟

スティルガーは前々から、プロジェクターとアタッチメントの使用について深い疑念を捨てきれずにいた。これを使うたびに、精神を著しく動揺させられるからだ。なにしろ、圧倒的なデータの奔流を浴びて、事後に頭の中を整理してみれば、それまではなにひとつ持っていなかった知識が大幅に増えており、そのつど驚愕させられるのだから。

スティルガーはいいはった。

「ム・ロード、わたしはゼブルンの兵站データのことでうかがったのです」

ポールは一喝した。

「ゼブルンの兵站データなど、脱水してしまえ！」

フレメンが使うこの罵倒は、〝ここにある水は手を触れただけでも汚《けが》れるほど不浄ゆえ、残しておく価値がない〟という意味だ。

「ム・ロード！」

「いいか、スティルガー」ポールは説得にかかった。「おまえには早急にバランス感覚を養ってもらわねばならない。それは長期的な効果を理解してはじめて獲得できるものだ。古《いにしえ》の時代の知識については、〈バトラーの聖戦《ジハード》〉でごっそりと資料が失われて、いまはわずかな情報が残るのみ。コルバはそれをおまえのために持ってきてくれたんだ。まずはチンギス・カンから調べてみることだな」

「チンギス……カン？　その者はサーダカーかなにかですか、ム・ロード？」

「いいや、それよりずっとむかしさ。チンギス・カンが殺した人間の数は……おそらく、四百万人」

「それほどの人数を殺したとなると、よほど強力な兵器を持っていたようですな。レースビームか、でなければ……」

「単独で殺したんじゃない、スティル。わたしがやっているのと同じ方法で殺したんだ、おびただしい軍団を派遣したのさ。そのほかにもうひとり、気をつけて見てほしい皇帝がいる。ヒトラーだ。ヒトラーが殺した人数は六百万人以上にものぼった。当時としては、とんでもない数だ」

「殺したとは……軍団を用いてですか？」

「そのとおり」

「さほどすさまじい数字ではありませんな、ム・ロード」

「おまえの目にはそう映るだろうさ、スティル」ポールはコルバが両手に持ったリールの山にちらと目をやった。すぐそばに立ったコルバは、早々にリールを放りだし、解放してもらいたそうに見える。「なにしろ人数でいえば、控えめに見積もっても、六百十億人にのぼるんだ――わたしが聖戦《ジハード》で殺戮した人間はな。九十の惑星で住民を滅ぼしつくして、五百の惑星では完膚なきまでに住民の戦意を喪失させた。信徒もろともに一掃した宗教は四十に達する。いずれも長い伝統を――」

「あれは不信心者です！」コルバが抗議した。「すべて信仰なき者どもです！」

「そうではない。みな敬虔な信徒だった――それぞれの宗教の」

「陛下は冗談をいっておいでのようでございますな」コルバの声は震えていた。「聖戦《ジハード》は、一万の惑星をば、輝かしき栄光のもとへ――」

「そこは暗黒のもとへ、と表現すべきところだろう」ポールはさえぎった。「それぞれの惑星がムアッディブの聖戦《ジハード》から立ちなおるまでに、百世代はかかる。これを超える暴挙をなす者が先々の世に出るとは、とうてい想像しがたい」

唐突に、ポールののどから弾けるような笑い声があふれた。

「なにがおもしろいのです、ムアッディブ？」スティルガーがたずねた。

「おもしろがっているわけじゃない。ふと、ヒトラー帝が同じことをいっている姿が目に浮かんだだけだ。まちがいなく、ヒトラー帝もそういったことだろう」

「いまだかつて、陛下ほどの権力を掌握された支配者はおりません」コルバが異を唱えた。「あなたさまに比肩しうる者がどこにおりましょうや。陛下の数ある軍団が支配しますは、既知の宇宙はもとより、すべての――」

「わが軍団が支配するというが――兵士たちにその自覚はあるのか？」

スティルガーが口をはさんだ。

「その軍団を支配しておられるのは、ム・ロードではありませんか」

この口ぶりからすると、スティルガーは突如として気づいたらしい。帝国の命令系統における自分の立ち位置に――そしてすべての権力を自分の手がふるっていることに。

スティルガーの思考を望みどおりの方向へ誘導できたので、ポールはコルバに全神経を注ぎ、指示を与えた。

「そのリール、すべてこの長椅子の上へあけろ」

コルバが指示にしたがうと、こんどは質問した。

「どうだ、コルバ、レセプションは？　妹は万事適切に応対しているか？」

「おられます、ム・ロード」コルバは用心深い口調で答えた。「それにチェイニーさまが隠し窓からようすを見ておられます。ギルド使節団にサーダカーが潜入してはいないかと疑っておられますので」

「まちがいなく、しているだろう。とかく豺《やまいぬ》は群れたがる」

「ところで、バナルジーですが」スティルガーが口をはさんだ。バナルジーというのは、ポールの衛士隊長の名だ。「さきほど使節団の一部の者が、〈大天守〉の部外者立入禁止区域に侵入しそうなようすを見せたと申しておりました」

「侵入したのか？」

「まだです」

「ですが、幾何学式庭園には少々混乱が見られます」コルバが報告した。

「どのような混乱が？」これはスティルガーだ。

ポールもうなずき、目顔で報告を指示した。

「闖入者《ちんにゅうしゃ》どもがうろちょろしておりまして。いまこのときも、でございます。植栽を踏みにじりながら、なにやら声をひそめて話しておるとか――なかには、不穏なことばも漏れ聞かれた旨、報告を受けております」

「不穏とは、たとえば？」ポールはうながした。

「〝これがわれわれの払った税の使い道か？〟。口にしたのは、大使本人であった由」

「それほど意外ではないな」ポールはいった。「庭園への闖入者は多いのか？」

「何十人もおります、ム・ロード」

「バナルジーは〈大天守〉の急所となりうる出入口すべてに精鋭を配しております」

そう報告しながら、スティルガーは向きを変えた。その結果、サロン内で唯一点灯している照明を受けて顔の半分が照らしだされた。ライティングに浮かびあがった顔の半分。それはポールの心に、ある記憶を――砂漠でのある経験を思いださせた。細部まで鮮明に思いだそうとはしなかったものの、その記憶と比較すれば、スティルガーの精神がいかにかつてのタフさを失っているかが痛いほどよくわかる。皮膚が薄くなった額には、心中に去来する考えがそのまま反映されるようになっていた。いまこのときは、畏敬する皇帝の奇妙なふるまいに対して深い懸念をいだいているようだ。

「庭園に闖入したことは捨ておけないな」ポールはいった。「客に礼を尽くすのは当然だ。必要な儀礼で大使を迎えることも。しかし、これはさすがに……」

「臣が追いだしてまいりましょう。いますぐに、即刻」

「待て！」背を向けかけたコルバを、ポールは引きとめた。

唐突に訪れた静寂の中、スティルガーがひそかに動き、ポールの顔をはっきり見られる位置へと移動した。練達の動作だった。相手に無用の警戒心をいだかせないその精妙さに、ポールは心中、舌を巻いた。この動きはフレメンならではの配慮に基づくものだ。相手に気どらせない巧みな動きの裏には、他者のプライバシーを尊重する意味も含まれている。フレメンのあいだではこういった配慮が欠かせない。

「いま何時だと思ってるんだ？」ポールはたずねた。

「真夜中でございますな、もうじき」

「わが側近のなかでも、コルバ、おまえはとびきりの切れ者のようだ」

「そんな、ム・ロード！」コルバは傷ついたような声を出した。

「わたしに畏怖を感じるか？」

「あなたさまはポール＝ムアッディブ、われらが群居洞《シエチ》においてウスールであられた方でございます」コルバは答えた。「臣の献身は陛下もよくごぞんじのとおり——」

「自分を聖職者らしいと思ったことは？」

コルバがこの問いの意味を誤解したことは明らかだったが、ポールの口調自体は正しく解釈したと見えて、こう答えた。

「わが皇帝陛下におかれましては、臣が赤心《せきしん》をもってお仕えしておりますことをご承知であられましょう！」

「シャイー＝フルードよ、われらを救いたまえ」ポールはつぶやいた。

気まずい思いに満たされた静寂は、外の廊下から聞こえてくる音で破られた。だれかが口笛を吹きながら歩いてくる。扉の外に立つ衛士にやめろと一喝され、口笛はやんだ。

ポールはいった。

「コルバよ、おまえならこのごたごたを乗りきれるかもしれんな」

すぐさま、顔に理解の色を浮かばせて、スティルガーがいった。

「庭園の闖入者どもですな、ム・ロード？」

「うむ、そうだ。バナルジーにその者どもを排除させろ、スティル。コルバも手伝う」

「……臣もでございますか、陛下？」コルバの声には狼狽が表われていた。

「わが友人のなかには、自分がかつてフレメンであったことを忘れてしまった者がいる」

コルバに話しかけているていを装ってはいるものの、じっさいに意志を伝えている相手はスティルガーだ。「チェイニーがサーダカーと目星をつけた者どもをリストアップして、始末させろ。自分自身で手配するのだぞ。ひそかにことを運び、無用の騒ぎは起こすな、起こさせるな。宗教と政府は、条約の批准と説法をするだけのものではない。われわれはそれを心に刻んでおかねばならん」

「ムアッディブのご命令のままに」コルバはぼそぼそと答えた。

「ゼブルンの兵站データはいかがしましょう」スティルガーがたずねた。

「あすでいい。庭園から闖入者どもを排除しおえたら、レセプションの終了を宣言しろ。パーティーは終わりだ、スティル」

「ご指示のとおりにいたします、ム・ロード」

「ようくわかっているとも、それはな」とポールは答えた。

ここに伏せたるは打倒されし神――
　低からぬ座所より堕《お》ちきたる者
　されど神の台座はわれらの作品
　狭く高い台座を造りしはわれら

――トレイラクス会の警句

アリアはしゃがみこみ、左右のひざにひじをかけ、あごを両手のこぶしで支えて砂丘の死体を見つめていた。死体といっても、残っているのはわずかな骨と、ずたずたになった肉片しかない。死体は若い女性のものだった。両手、頭部、上体の大半はなくなっている。コリオリの嵐に喰われてしまったのだ。あたり一帯の砂は、兄の派遣した監察医や審問官たちの足跡だらけになっている。もっとも、どちらのグループもすでに引きあげたあとで、いまも現場に残っているのは、やや離れたところに立っている死体回収員数名と、偶人《ゴウラ》のヘイトしかいない。その全員が、アリアが神秘的な手段を駆使し、ここで起こったことを読み解くのを待っているのだ。

頭上に広がる淡黄色の空からは淡い緑青色の陽光が降りそそぎ、現場を包みこんでいる。午後もなかばのこの緯度では、これは一般的な陽光の色だ。

死体は数時間前、低空飛行する定期便が発見したものだった。同機の計器が、水があるはずのない場所にごく微量な水の痕跡を検知したのである。パイロットからの報告を受け、専門家たちが到着した。その結果、わかったことは？　死体が二十歳前後の女性のものであること、フレメンであること、音楽麻薬《セムータ》の中毒者であること……そして、灼熱の砂漠のただなかにおいて、トレイラクス会の開発した潜行性毒物で息絶えたこと。以上だった。

砂漠で死ぬのはよくあることだ。しかし、フレメンがセムータ中毒に？　これは非常に稀なケースだということで、ポールは母から教わったやりかたで現場を調査させるべく、アリアをここに派遣したのである。

アリアとしては、なにひとつとして成果をあげた気がしていない。せいぜい自分自身の謎めいたオーラを、ただでさえ謎めいている現場に投げかけたくらいのものだ。おりしも、偶人《ゴウラ》が片足で砂をかきまわす音を聞きつけて、アリアは顔を横に向けた。偶人《ゴウラ》はつかのま空をふりあおぎ、上空をカラスの群れのように飛びまわる護衛羽ばたき機《ソプター》に注意を向けた。

（ギルドのこの贈り物には気をつけないと）とアリアは思った。

死体回収ソプターとアリアの乗機は、偶人《ゴウラ》のうしろにそびえる岩の露頭付近で砂の上に駐機している。砂上のソプターを見るにつけ、さっさと機に乗りこんで、こんな現場から飛び去ってしまいたいとの思いが強くなるいっぽうだ。

だが、ポールがここへ自分を派遣したのは、余人なら見落とすなにかに気づく可能性が高いと考えてのことだった。アリアは保水スーツのなかで身じろぎした。都市で何ヵ月もスーツと無縁の暮らしを送ってきたあとだけに、スーツはどうにも着心地が悪い。改めて偶人《ゴウラ》を観察した。この男、砂漠で見つかったこの特異な死体に関して、なんらかの重要な手がかりを知っているのではないだろうか？　見ると、くせの強い黒髪がひとふさ、保水スーツのフードからはみだしている。そのひとふさをフードの中に押しこんでやりたくて、手がうずうずした。

そんな思いに導かれたかのように、陽光に光る灰色の目、金属の眼球がアリアのほうに向けられた。その目に見つめられて、アリアはぞくりとし、偶人《ゴウラ》から視線を引きはがした。

ここで死んだフレメンの女。死因は〈喉地獄〉と呼ばれる毒物。

セムータ中毒のフレメン。

これだけ不自然な条件がそろうと、ポールと同様、不穏なものを感じずにはいられない。死体回収の係員たちは辛抱づよく待機している。この死体には絞りとれるほどの水分が残っていないから、回収を急ぐ必要はない。それに係員たちは、アリアが残留痕跡を読む特殊能力を駆使し、この遺物から奇妙な事実を読みとっている最中だと信じこんでいる。

だが、奇妙な事実などはひとつとして読みとれない。

係員たちの表情にはっきりと表われている期待に対し、アリアは心の奥底で漠然とした怒りをおぼえた。こういう期待はいまいましい宗教的神秘主義の産物だ。民衆にとって、アリアも兄もただの人であってはならない。もっと特別の存在でなくてはならない。ベネ・ゲセリットがそのようにしむけたのである——アトレイデス家の父祖の婚姻に干渉することで。ポールとアリアの母親も、兄妹を特異な能力の道へ送りだすことにより、それに加担した。

しかし、特異性を決定的で永続的なものとしたのは、ひとりポールだけだ。アリアの記憶に封じこめられた無数の教母たちが落ちつかなげに身じろぎし、アダブを——自発的に思いだされる強烈な記憶の数々を——突きつけてきた。

（心安らかにあれ、小さき者よ！　おまえはおまえだ。なんらかの形で報われよう）

どう報われるというのよ！

アリアは偶人《ゴウラ》を招き寄せた。

偶人《ゴウラ》は歩みよってきて、すぐそばで立ちどまり、注意深くアリアを見つめ、辛抱づよく声がかかるのを待った。

「これをどう見る？」アリアはたずねた。

「死体の身元は割れないかもしれません。頭がなく、歯もない。両手もです。いずこかに当人の遺伝子情報が記録されていれば、遺体に残る細胞のＤＮＡと照合できるでしょうが、この手の人物の場合、記録は望み薄でしょう」

「トレイラクス会の毒物――これについては、どう？」

「その種の毒物を購《あがな》う者はおおぜいいます」

「たしかにそうね。それにこの死体、あなたの場合と同じ形で蘇生させるには損失部分が多すぎる」

「そもそも、そのような処置を託すほどトレイラクス会が信用できるとしてですが」

アリアはうなずき、立ちあがった。

「わたしを帝都まで乗せて帰って。いますぐに」

ふたりが乗った機が離陸し、北へ向かいだすと、アリアはいった。

「あなた、完全にダンカン・アイダホと同じ飛ばし方をするのね」

偶人《ゴウラ》は考え深げに見える視線をアリアに向けた。

「同じことを何人もの方からいわれました」

「いまはなにを考えているの？」

「いろいろなことを」

「質問をはぐらかすのはやめなさい、腹のたつ男ね！」

「どの質問をですか？」

アリアはきっと偶人《ゴウラ》をにらみつけた。

にらまれた偶人《ゴウラ》は肩をすくめてみせた。

（ダンカン・アイダホにそっくりのしぐさだわ）

声に険を含ませて、アリアはいった。

「わたしはあなたの判断を聞きたかっただけ——自分の考えと擦りあわせるために。あの若い女の死に方、どうにもひっかかるのよ」

「そのことについては考えていませんでした」

「じゃあ、なにを考えていたの？」

「かつての自分だったかもしれない人物について、人々が口にする内容を耳にしたとき、心にこみあげてくる奇妙な感情についてです」

「かつての自分だったかもしれない？」

「トレイラクス会のすることには、なにかと裏がありますので」

「今回はあたらないわ。あなたがダンカン・アイダホだったことは確実よ」

「その可能性は高いですが。主要な演算結果にはそう出ています」

「いずれにしても、あなたに感情はあるのね？」

「ある程度なら。自分の熱意は感じます。不安も感じます。からだが急に震えだすことがあり、そんなときは全霊をあげて肉体を制御しなければなりません。それと……瞬間的に、いろいろなイメージが見えることがあります」

「どんなイメージ？」

「認識する間もなく消えてしまうのですが。ほんの一瞬のイメージ、突発的な……まるで瞬間的に記憶がよみがえってきたような……」

「その記憶とやらに興味はないの？」

「ありますとも。好奇心はわたしの原動力ですから。しかし、こと記憶の問題になると、なかなか前に進めません。こう思ってしまうからです――〝みんながかつてのわたしだと信じている人間が、じつはこの自分とは別人だったらどうしよう？〟とね。そう思うと、しりごみしてしまうのですよ」

「いろいろなことって、まさか、それだけを考えていたの?」

「そうでないことはおわかりでしょう、アリアさま」

(アリアさま? よくもわたしを洗礼名で呼べるものね)

つかのま、怒りがこみあげてきたが、それは記憶にあるアイダホと同じしゃべりかたで和らいだ。落ちついていて、聞いているとぞくぞくしてくる低音、悠然たる男性的な自信。あごの筋肉がひくつくのをおぼえ、アリアはやり場のない怒りに歯を噛みしめた。

「下方に見えるのは、あれはアル・クドゥスではありませんか?」

偶人《ゴウラ》はそういって、つかのま機体をバンクさせ、片翼で下方を指し示した。その動きで護衛機隊の編隊が乱れた。

下を見ると、いくつかの機体の影が波打ちながら、ハーグの峠の北にそびえる岩石丘の上をよぎっていく。切りたった断崖の一端には岩のピラミッドが設けられていた。あれがアリアの父親の頭骨が収められている場所、アル・クドゥス——〈聖なる場所〉だ。

「そう、あれが〈聖なる場所〉よ」

「いつの日か、じかに訪ねてみなくては。お父上の遺骨のそばに侍《はべ》れば、かつての記憶を取りもどせるかもしれません」

アリアははっと気づいた。かつての自分を知りたいというヘイトの願望はよほど強いにちがいない。それがこの男を動かす主要な原動力なのだ。アリアは岩石丘をふりかえった。断崖は基部で外側に傾斜し、乾いた〝砂浜〟と砂の〝海〟になだれこんでいる。重畳する砂丘のただなかに突き立ったシナモン色の岩石丘は、まるで波を切って進む船のようだ。

「旋回して。あの上にもどって」アリアはうながした。

「ですが、護衛機隊が……」

「ちゃんとついてくるわよ。編隊の下をくぐって」

偶人《ゴウラ》は指示にしたがった。

乗機が旋回し、護衛機隊もついてくるのを確認すると、アリアはたずねた。

「あなたは衷心から、にいさまに仕えているの？」

「はい、アトレイデス帝陛下にお仕えしています」形式ばった口調だった。それは古くからのカラダンその返事とともに、右手が上にあがり、また下に降りた。それは古くからのカラダン式式敬礼とほぼ同じ動作だった。岩のピラミッドを見おろす顔には憂いが刻まれている。

「どうしてそんな表情を？」

偶人《ゴウラ》の唇が動いた。出てきた声はこわばり、とぎれがちだった。

「あの方は……あの方は……」

涙がひとすじ、片頬を流れ落ちていった。

アリアはフレメンならではの畏怖にとらわれた。この男——死者に水を施している！反射的に指を差しだし、偶人《ゴウラ》の頬に触れ、涙を指に感じながら、

「ダンカン」とささやきかけた。

偶人《ゴウラ》はソプターの操縦桿を固く握りしめ、下方の祠を食いいるように見つめている。

「ダンカン！」アリアは声を強めた。

偶人《ゴウラ》はごくりとつばを飲みこみ、ひとつかぶりをふると、アリアに顔を向けた。金属の目がきらめいている。

「感じたのです……腕が……肩にかけられるのを」つぶやくような声になっていた。だが、そこからはもうすこしましな声になって、「腕を感じました。腕の主は……友人でした。腕の主は……わたしの友人だったのです」

「それはだれ？」

「わかりません。あれはきっと……いえ、わかりません」

アリアの目の前でコールランプがまたたきだした。護衛機隊の隊長が、なぜ急に砂漠へ引き返したのかといぶかっているのだ。アリアはマイクをつかみ、父の墓標に簡単ながら敬意を表した旨を説明した。隊長からは、もう夕暮れ間近ですので、と釘を刺された。

「さあ、アラキーンに帰るわよ」マイクを置きながら、アリアはヘイトに指示した。

ヘイトは深々とためいきをつき、ソプターをバンクさせて北に針路をとった。

アリアはいった。

「あなたが感じた腕は父のものだった——そうでしょう?」

「おそらくは」

偶人《ゴウラ》の声は演算能力者《メンタート》が可能性を計算するときのそれになっていた。すこし落ちつきを取りもどしたようだ。

「わたしが父のことをどんな形で知っているか、わかる?」

「多少は推測できます」

「はっきりわかるように説明しておくわ」

アリアは手短に、生まれるよりも前に教母としての意識に目覚めたこと、恐怖に満ちた胎児期のあいだ、数えきれない教母たちの知識が神経細胞に植えこまれたこと——そしてそのすべてが、父親が亡くなったあとの経験であることを語った。

「わたしは父のことを、母が知っていたのと完全に同じ形で知っているの。母が父と共有した経験のすべてを、ひとつ残らず、克明にね。ある意味、わたしは母自身でもあるのよ。母が生まれた瞬間から、教母となるために〈命の水〉を飲んで、変容トランス状態に入るその瞬間にいたるまで、母の記憶をすべて受け継いでいるんだもの」

「兄君も、ある程度まではそれを説明なさいました」

「にいさまが？　なぜ？」

「わたしがたずねたからです」

「どうしてたずねたのよ」

「演算能力者《メンタート》はデータを必要とするものですから」

「そう……」

アリアは眼下に広がる〈防嵐壁〉上面の平坦な頂を見おろした。傷だらけの岩、縦坑、裂け目などがあちこちに見える。

アリアの視線をたどり、偶人《ゴウラ》がいった。

「風蝕のはげしい場所ですね、〈防嵐壁〉は」

「だけど、隠れるにはいいところよ」アリアはそういって偶人《ゴウラ》を見すえた。「あの光景は人の精神構造を連想させるわ……〈防嵐壁〉の中にはいろいろなものが隠れられるの」

「なるほど……そういう意味ですか」

「そういう意味？　どういうことよ、〝そういう意味〟とは」

アリアはむっとした。なぜむっとしたのか、自分でもよくわからない。

「アリアさまはわたしの精神に隠れているものを知りたい――そういうことでしょう」

それは問いかけではなく、断定だった。

「あなたが隠しているものくらい、わたしの予知能力で暴いているかもしれないじゃない。そうじゃないと、どうしてわかるの？」

「暴かれたのですか？」

「いいえ！」

「巫女《シビュラ》の予言には限界があるものです」

偶人《ゴウラ》はおもしろがっているらしい。それでむしろアリアの怒りは和らいだ。

「楽しい？　わたしの能力に払う敬意の持ち合わせはないのね？」

自分で口にしていながら、ひどく負け惜しみじみて聞こえた。

「アリアさまの吉凶を読む能力には敬意を払っておりますとも――たぶん、アリアさまが思っておられる以上にね。先日はご自身が主宰なさった〈朝の典礼〉にも参加しました」

「だから？　なんなの？」

「アリアさまは象徴のあつかいに長《た》けておられる」ソプターの操縦桿に注意を向けたまま、偶人《ゴウラ》は答えた。「あれはベネ・ゲセリット仕込みの能力でしょう。しかし、修女会所属の魔女が多くそうであるように、ご自分の力を安易にふるいすぎではないでしょうか」

アリアは背筋がぞっとするのをおぼえ、思わずきつい口調になった。

「いい度胸ね」

「わたしは自分の創造者たちが想定しているよりもずっと〝いい度胸〟ですよ。わたしが兄君のおそばにとどまっていられるのは、その稀有な事実のおかげなのです」

アリアは偶人《ゴウラ》の眼窩に埋めこまれた金属の眼球を見つめた。そこには人間的な表情などない。偶人《ゴウラ》のあごのラインは保水スーツのフードで隠されている。もっとも、引き結んだ口は侮りがたい力強さと……決意を秘めており、ことばにも強固な意志が表われていた。

「……ずっと〝いい度胸〟……」というのは、いかにもダンカン・アイダホがいいそうなせりふだ。トレイラクス会はこの偶人《ゴウラ》を、自分たちが把握しているよりも本物らしく造りあげてしまったのだろうか。それとも、これもまたただの見せかけ――条件づけの一部にすぎないのか。

「あなた自身のことを説明なさい、偶人《ゴウラ》」アリアは命じた。

「汝自身を知れ《グノーティ・セアウトン》、とのご下命でしょうか」

またしても、おもしろがっているような印象がある。

「ああいえばこういう……この……この、黄泉帰り《よみじがえ》！」アリアは首からぶらさげた結晶質《クリス》ナイフに手をかけた。「あなたがにいさまに贈られた理由はなに？」

「兄君からは、アリアさまが謁見の一部始終をごらんになっていたとうかがっています。

わたし自身が兄君の同じ問いに答えるところもごらんになっていたと」

「じゃあ、あらためて答えなさい……わたしのために！」

「兄君を滅ぼすために贈られました」

「それは演算能力者《メンタート》としての回答？」

「それに対する答えは、問われるまでもなく、ごぞんじのはずですね」偶人《ゴウラ》はたしなめた。

「それに、そのような贈り物など、そもそも必要ない──そのこともごぞんじのはずです。兄君はすでに、みずから滅びへの道へかなり深くまで踏みこんでおられるのですから」

アリアはその意味を推し量った。片手はナイフの柄《つか》にあてがったままだ。狡猾《こうかつ》な回答をするものだが、その声には誠実さも含まれていた。

「だったらなぜ、こんな贈り物をよこしたの？」

「そのほうがおもしろい──トレイラクス会はそう判断したのかもしれません。じっさいには、わたしを贈り物として差しだすように依頼したのは、航宙ギルドです」

「その目的は！」

「答えはさきほどと同じですよ」

「わたしが安易に力をふるうというのは、具体的にはどういうこと？」

「ご自分のお力の使い方を顧みれば、おわかりなのではありませんか？」

この指摘は、アリアもみずからいだいていた疑念を的確に突いていた。ナイフから手を放し、アリアはつぎにこうたずねた。

「にいさまがみずから滅びへの道へ踏みこんでいると、なぜ思うの?」

「しっかりなさい、幼子《おさなご》よ! ご自慢の能力はどうしました? その理由を察することもできないのですか?」

怒りを抑えて、アリアはいった。

「理由をきかせて、演算能力者《メンタート》」

「いいでしょう」

偶人《ゴウラ》は周囲に展開する護衛編隊の各機を見まわしてから、進行方向に注意をもどした。〈防嵐壁《ぼうらんへき》〉北崖《ほくがい》の向こうにアラキーン手前の砂原《すなばら》が見えてきつつある。地溝《グラーベン》や皿状窪地《パン》に点在する村々は、砂塵のとばりにはばまれてまだはっきりとは見えないが、アラキーンの遠いきらめきは識別できた。

「徴候はいろいろと見られます」偶人《ゴウラ》はいった。「たとえば、兄君は側近に讃辞起草者を置いておられますが――」

「あれはフレメンの指導者《ナイーブ》たちが捧げてきた贈り物よ!」

「友人が捧げるにしては、奇妙な贈り物もあったものですね。なぜ兄君に阿諛追従《あゆついしょう》の徒を侍らせねばならないのです？　あの讃辞起草者の讃辞を真剣に聞いたことがありますか？　こうですよ。

〝人民はムアッディブの光を受けて光り輝く！　共同体《ウンマ》の統治者、われらが皇帝陛下は、暗闇より出《い》でませりて、すべての人民をば燦《さん》たる光もて照らしだされん。ムアッディブは尽きることなき泉より湧く貴重なる水。ムアッディブは歓びの水を惜しみなく撒きたもう、全宇宙に恵みまいらせんがために！〟

　ばかばかしい！」

　静かな声で、アリアはいった。

「その発言を護衛機隊のフレメンに伝えれば、あなたは砂漠で猛禽《もうきん》の餌だわ」

「お伝えになりたければ、どうぞ」

「にいさまは天の自然律に則って統治をしているのよ！」

「ご自分でも信じておられないことを、なぜおっしゃるのです？」

「わたしがなにを信じるかなんて、どうしてあなたにわかるというの！」

　アリアはいま、ベネ・ゲセリットのいかなる力をもってしても抑えきれない、からだの震えを経験していた。この偶人《ゴウラ》には予想だにしていなかった影響力があるようだ。

「演算能力者《メンタート》としての理由を聞かせよ——そう指示なさったのはあなたですよ」

「演算能力者《メンタート》だからといって、わたしがなにを信じるのかわかるはずがないでしょう！」

そこで二度、身をわななかせ、深呼吸をした。「よくもまあ、にいさまとわたしを値踏みできたものね」

「値踏み？　値踏みなどしていませんが？」

「わたしたちがなにを教えこまれてきたのか、知りもしないくせに！」

「おふたりが教えこまれたのは統治のノウハウです。おふたりは権力への圧倒的な餓《かつ》えを条件づけられている。政治力学の巧妙な活用と、戦争や儀式を利用する方法の深い理解、これらをたたきこまれている。自然律？　自然律とはなんです？　そんなものは神話です。人類の歴史に取り憑《つ》いている神話です。そう、取り憑いているとしかいえない！　それは亡霊なのですよ。存在しないもの、非実在なのです。あなたがたの聖戦《ジハード》が自然律に則《のっと》ったものだとでも？」

「演算能力者《メンタート》のたわごとだわ」アリアは鼻で嗤《わら》った。

「わたしはポール・アトレイデスさまの下僕《サーヴァント》であり、率直にお話ししています」

「下僕？　わたしたちのところに下僕なんていやしない。いるのは神の僕《ディサイプル》だけよ」

「わたしは意識の僕《しもべ》です。それをご理解ください、幼子よ。それにアリアさまは——」

「わたしを幼子と呼ぶなっ！」

アリアは大声で叫び、結晶質《クリス》ナイフを鞘から半分がた抜きかけた。

「誤りを訂正しましょう」偶人《ゴウラ》はほほえみを浮かべ、ソプターの操縦に注意をもどした。すでに前方には四囲の側面が切りたったアトレイデスの〈大天守〉――アラキーン北部の郊外にそびえる威圧的な要塞が見えてきている。「あなたは精神面では見た目以上でも、肉体面では幼子からやや成長した程度でしかない。そしてその肉体は、獲得して間もない〝女性ならではの状況〟によって御しきれずにいるようです」

「……わたしはどうして、あなたの話なんか聞いてるのかしらね」

アリアはうなるようにいったが、とにもかくにも結晶質《クリス》ナイフを鞘にもどし、手の平をローブでぬぐった。柄《つか》を握っていた手が汗ばんでいたためだ。フレメンの倹約意識が頭をもたげてきて、うしろめたさをおぼえた。こんなことで水分を浪費してしまうなんて！

「アリアさまがわたしの話を聞いておられるのは、わたしが兄君に一身を捧げているからでしょう。わたしの行動は明快であり、容易に理解できるものです」

「あなたに関しては、明快なことも容易に理解できることも、ただのひとつだってないわ。わたしが見てきたなかでも、あなたはもっとも複雑な存在よ。トレイラクス会があなたの中に仕込んだものがなんなのか、どうやったらわかるのかしらね」

「過失であれ、意図的な行為であれ、トレイラクス会はわたしにみずからを形作る自由を組みこみました」

アリアの声が険を帯びた。

「こんどは禅スンニ派の法話に逃げこむつもり？　〝賢者はみずからを形成し——愚者は無為に生きて、虚しく死ぬ〟」そこで、偶人《ゴウラ》の口調をまねて、「〝意識の僕です〟？　よくいうわ！」

「衆生《しゅじょう》には中道と悟道の区別がつきません」

「なによ、その謎かけ！」

「わたしは聞く耳のある精神に語りかけています」

「ここであなたがいったことは、ぜんぶポールに報告するからね」

「あの方はすでに、いまいったことのほとんどを耳にされていますよ」

気がつくと、アリアは圧倒的な好奇心につき動かされていた。

「それなのに、あなたはまだ処刑されてもいないし……自由でいられるの？　にいさまはなんといっていたのよ？」

「笑っておられました。そして、こうもおっしゃいました。〝民草は皇帝に簿記係であることを望んではいない。治者であるように、変化から自分たちを護ってくれる存在であるように望んでいるんだ〟と。しかし、この帝国の崩壊がご自身に端を発することには同意なさいました」

「どうしてにいさまがそんなことを……」

「なぜなら、わたしが兄君の負うておられる問題を理解していること、お力になりたいというわたしの意志、それらに納得していただいたからです」

「いったいなにをどういったら、にいさまが納得するというの？」

偶人《ゴウラ》は無言でソプターをバンクさせ、〈大天守〉屋上にある衛士隊の警備施設に向けて着陸コースに乗せた。前方左には屋上の発着パッドが見えている。

「きいているのよ。なにをどういったの！」

「アリアさまがそれを受け入れられるとは思えませんが……」

「その判断は自分でするわ！　これは命令よ！　話しなさい、いますぐに！」

「そのまえに、着陸のご許可をください」

偶人《ゴウラ》はそういいつつ、許可も待たずに機体を九十度左に旋回させ、明るいオレンジ色の発着パッド上にくると、羽ばたき翼を最大角で上向かせ、パッド上にふわりと降着させた。

「さあ」アリアがせっついた。「もういいでしょ」

「わたしが申しあげたのは、このようなことばです――〝耐えることは、宇宙でもっとも困難な務めかもしれません〟」

アリアはかぶりをふった。

「そんなの……そんなの……」

「苦いながらも良薬です。いやでも服《の》まねばなりません」と偶人《ゴウラ》はいった。

その視線は、屋上を駆けてきて警護の配置につく衛士たちに向けられている。

「苦いだけのたわごとよ！」

「栄華をきわめる宮　中伯《きゅうちゅうはく》も、最低限の俸給で暮らす卑しい農奴も、同じ問題をかかえています。その問題を解決しようにも、演算能力者《メンタート》その他の識者を雇えば対処できるというものではありません。といって、威令や審問や証人喚問でも答えはけっして得られない。いかなる下僕にも――あるいは、神の僕にも――皇帝の傷の手当てはできない道理です。みずからを手当てしない皇帝は、万民の前で傷口から血を流しつづけるほかありません」

アリアは憤然と偶人《ゴウラ》から顔をそむけ――同時に、その行為自体、自分の感情の表われであることに気がついた。〈繰り声《からく》〉を使うことなく、魔女の一団が営々と積みあげてきたトリックを使うこともなく、またもや他人の心の内に踏みこんでくるとは――どうすれば偶人《ゴウラ》にこんなまねができるのだろう？

「にいさまになにをしろといったの？」アリアはつぶやくようにたずねた。

「状況を判断し、秩序を敷衍《ふえん》するようにと」

アリアは機外の衛士たちを眺めやった。全員が辛抱づよく待っている——整然と秩序を維持して。

「なるほど、正義を執行するためね」アリアはつぶやいた。

「それはちがう！」偶人《ゴウラ》は急に声を荒らげた。「わたしが進言したのは、兄君はひとつの基準に基づいて状況判断しておられるようですが、これ以上はもう……」

「その基準とは、なに？」

「友人たちを護り、敵を滅ぼすことです」

「その基準を廃せと？ それは正義を欠く判断をしろということなんじゃないの？」

「正義とはなんでしょう？ ここに、衝突するふたつの勢力があるとしましょう。両者は双方の勢力圏においてそれぞれに正統性があるとします。それこそは、皇帝が秩序だった解決を命じる場面にほかなりません。皇帝には衝突を防ぐことはできないのです——ただ解決するのみで」

「どうやって解決を？」

「もっとも簡単な方法を通じてですよ。裁定するのです」

「友人たちを護り、敵を滅ぼす形で裁定して、なにがいけないの？」

「そこに安定が望めますか？ 民衆は秩序を求めるものです、それがどのような形であれ。

民衆は飢えという監獄の中にすわりこみ、戦争は金持ちの道楽と見ている。それは危険な形での諦観です。そうした諦観は無秩序を招く」

「にいさまにはこう進言するわ——あなたは危険すぎる、即刻、処刑すべきだとね」

そういって、アリアは偶人《ゴウラ》に顔をもどした。

「それはすでに、わたしが進言した解決策のひとつですね」

「だからこそ、あなたが危険だというのよ」アリアは自分が口にすることばを吟味しつつ、先をつづけた。「自分の情念を御しきっているということだから」

「わたしが危険な理由は、そこではありません」

アリアが動くよりも早く、偶人《ゴウラ》は操縦席から身を乗りだし、片手をアリアのあごの下にあてがうと、自分の唇をアリアの唇に押しつけた。

一瞬の、やさしいキスだった。偶人《ゴウラ》はすぐさま唇を離した。アリアは愕然として偶人《ゴウラ》を見つめた。機の外で直立不動のまま整然と並ぶ衛士たちが、ウインドシールドごしにそのようすを眺め、にやにや笑いを浮かべたことに気づいて、気まずさはいや増した。

自分の唇を人差し指で触れてみる。このキスには憶えがあった。かつて予知した未来の脇道で味わった唇の感触——それがこれだったのだ。

荒い息をしながら、アリアはいった。

「あなたのような男は鞭打ち刑に処すべきね」

「わたしが危険だからですか？」

「身のほどをわきまえないからよ！」

「わきまえていますとも。わたしは初物でないものに手は出しません。わたしが出されたものにはなんでも手をつけるタイプでなくてよかったですね」偶人《ゴウラ》はドアを開き、機外にすべりでた。「さあ、降りて。つまらない使い走りで時間をとりすぎました」

偶人《ゴウラ》はそう言い残し、パッドの向こうのエントランス・ドームへ大股に歩きだした。

アリアはソプターを飛びおりると、偶人《ゴウラ》に遅れまいと小走りに急いだ。

「機内であなたがいったこと、したことは、すべてにいさまに報告するからね」

「どうぞご自由に」偶人《ゴウラ》はドーム入口のドアをあけ、アリアのために押さえた。

「にいさまはきっと、あなたの処刑を命じるわ」ドームに入りながら、アリアはいった。

「なぜです？　わたしがほしいままにキスしたからですか？」

アリアのあとから、偶人《ゴウラ》もドームに入ってきた。自然とアリアはあとずさる形になった。

ふたりの背後でドアが閉まる。

「〝ほしいままにキスをした〟？」頭にかっと血が昇った。

「わかりました、アリアさま。では、あなたの望みに応えてキスをした、ということではいかがでしょう」

偶人《ゴウラ》はアリアをまわりこみ、強風排砂室へ歩きだした。

その動きに刺激されたかのように、アリアの意識は一段高次のレベルに押しあげられ、ようやく偶人《ゴウラ》の率直さを理解するにいたった。この男はいっさい腹蔵なく、率直にものをいっている。

(わたしの望みに応えてキスをした——)アリアは自分の心に語りかけた。(たしかに、そのとおりだわ)

「あなたのその率直さね——危険なのは」偶人《ゴウラ》のあとにつづきながら、アリアはいった。

「分別の道に戻ってこられたようですね」大股の歩みをゆるめることなく、偶人《ゴウラ》は答えた。「演算能力者《メンタート》には、その感想をそれ以上直接的に表現することはできなかったでしょう。ところで——あなたが砂漠で見たものはなんでしたか?」

アリアは偶人《ゴウラ》の腕をつかみ、立ちどまらせた。またただ。またしてもしてやられた。だが、唐突に話題を切り替えられ、ふたたびショックを受けたことで、アリアの意識はかえって研ぎ澄まされた。

「説明はできないわ。でも、あれ以来、ずっと踊面術士《フェイスダンサー》たちの存在が引っかかっているの。なぜかしら」

「だからこそ、兄君はあなたを砂漠へ派遣したのですよ」うなずきながら、偶人《ゴウラ》はいった。

「兄君には、ずっと引っかかっているそのことを申しあげるべきです」

「でも、なぜ引っかかるのかしら？」アリアはかぶりをふった。「なぜ踊面術士《フェイスダンサー》が？」

「砂漠で死んでいたのは若い女性でした」偶人《ゴウラ》は答えた。「ですが、おそらくは、失跡の報告が出ているフレメンの若い女性などひとりもいないでしょうね」

生きているということはなんとすばらしいのだろう。この肉体の根源に向かって内奥へジャンプすれば、生前のような自分にもどれるのだろうか。根源はそこにある。わたしのどの行為が根源を見つけられるかは、未来にいたる可能性の糸に絡まって判然としない。しかし、一個の人間ができることはわたしにもできる。それがいかなる行為であれ、わたしにも根源を見つけられるだろう。

——「偶人《ゴウラ》は語る」
アリアの記録

むせかえるほどの香料《スパイス》臭の中、横たわって啓示トランスに入り、心の内を見つめていたポールの目の前で、月が伸張し、長球状に変化した。ついで、回転し、ねじくれていき、その間《かん》ずっと、すさまじい音を――無窮の海に恒星が墜《お》ちて、大量の水が蒸発するさいに放つような猛々しい轟音を発しながら――墜ちていく……墜ちていく……墜ちていく……子供の投げた鞠《まり》のように。

そして、消えた。

地平線の向こうに沈んだわけではない――そんな認識がポールを押し包んだ。消滅してしまったのだ。あの月はもう存在しない。大地はけものが荒々しく震わせる体毛のように揺れている。恐怖がポールを呑みこんだ。

質素なベッドの上で勢いよく上体を起こし、目をかっと剝《む》いて虚空を見つめる。自分の一部が見ているのは意識の外側だが、別の一部が観ているのは意識の内側だった。意識の外側に見えるものは、寝室の換気機能も併せ持つ岩性樹脂《プラスメルド》の格子戸――であるからには、自分はいま、〈大天守〉の中、岩の裂け目にも似た空間のそばに横たわっているはずだ。しかし、意識の内側には墜ちゆく月がふたたび見えていた。

（外だ！　外を見ろ！）

岩性樹脂《プラスメルド》でできた格子戸の外は、アラキーンの真昼を司る強烈な陽光であふれている。いっぽう、意識の中は――ぬばたまの闇夜に閉ざされていた。屋上庭園から降り注ぐ花の芳香が嗅覚を刺激しているが、花の香りは墜ちゆく月を上に押しもどしてはくれない。

ポールはベッドから足を降ろし、足裏にひんやりとした床を感じながら、格子戸ごしに屋外を眺めやった。あそこに見えているゆるやかなカーブは、結晶安定化処理済の黄金とプラチナで造った歩道橋で、その歩道橋を装飾しているのは、はるかな惑星ツェドンから運ばれてきた多数の炎玉《えんぎょく》だ。歩道橋は都心部の歩廊につづいており、途中、浮き草の花が咲き乱れる大きな噴水池をまたいでいく。ポールは知っていた。あの歩道橋の上に立ち、円形の噴水池を見おろせば、咲き誇る大輪の花々、それも鮮血を思わせる真紅の花々が、エメラルド色の循環水流に乗って渦を巻き、水面を旋回するさまが見られることを。

香料《スパイス》びたりの状態から脱することなく、ポールの目はその情景を観ることができた。

（喪《うしな》われた月の幻視——恐ろしいものを観てしまった）

あの幻視は、みずからの安寧が根底から覆されることを暗示している。おそらく自分が観たものは、自身が築きあげたこの文明圏が慢心のゆえに倒壊し、崩れ落ちていくことの象徴なのだろう。

（月……月……墜ちゆく月）

濃縮された香料《スパイス》をふだんよりずっと多めに摂取したのは、ついさきほどのことになる。〈濁乱の淵《タロット》〉で〈時の水脈〉に巻きあげられた沈泥を透かし、その向こうまで観通すには、それだけの分量を必要としたのだ。それでかろうじて観えたものは、例の墜ちゆく月と、最初期の啓示から何度も観てきた、あの憎むべき未来への道程だった。聖戦《ジハード》を終焉させ、虐殺という噴火を鎮めるためには、自分自身の威信を失墜させる必要がある。

（放りだせ……放りだせ……放りだせ……）

屋上庭園からただよう花の芳香は、チェイニーを思いださせた。あの腕で抱いてほしい。あの腕でひしと抱きしめられて、愛と忘却にひたりたい。しかし、チェイニーといえども、この幻視を払うことはできない。チェイニーのもとを訪れて、自分はある特殊な死に方をすると思うと告げたら、どんな反応が返ってくるだろう。どのみち避けられないことだとわかっているのなら、いよいよのときがくるまで人目を忍び、贅沢三昧の暮らし、本来であれば送っていてもおかしくはない豪勢な生活に明け暮れ、放埒な貴族として一生に幕を引いてもいいんじゃないの、とでもいうだろうか。ただし、意志力が尽きる前に死ぬのは、およそ貴族らしい行ないといえないのでは、とも。

立ちあがって格子状の引き戸まで歩いていき、そこからバルコニーに出た。この位置で上を見あげれば、屋上庭園の花々や、壁面をつたいおりる蔓草が見える。口の中は砂漠を行軍するときのように渇いていた。

（月……月……あの月はどこにある？）

アリアの報告で聞いた死体——砂漠で見つかったという若い女性の死体のことを考えた。

音楽麻薬中毒《セムータ》のフレメン！　なにもかもが、あの憎むべき道程の〈結構《パターン》〉と一致する。（その逆だ。宇宙のほうから、気ままになにかを与えてくるんだ）

（この宇宙からは、なにかを簒奪できるものではない）とポールは思った。

バルコニーの手すりのそばには低いテーブルがあり、その上には〈母なる地球〉の海で獲れたというホラガイの一部が載せてあった。ポールはそれを両手で持ち、その光沢あるなめらかな内壁をなぞって、〈時〉を遡る感触を味わおうとした。真珠のような艶のある内壁は、陽光を反射して月光のようにやわらかな光を放っている。ポールはホラガイから視線を引きはがすと、頭上の庭園ごしに大空をふりあおいだ。空は燦爛《さんらん》と燃えたっていた。銀色の太陽のもとで陽光を反射する砂塵が、いくすじもの塵虹《じんこう》を現出させているためだ。

（わがフレメンたちは〈月の子ら〉を自称する）

ホラガイをテーブルに戻し、バルコニーをゆっくりと歩きだした。あの恐ろしい月は、逃げ道などないことを暗示していたのだろうか。神秘的な共感の領域でその意味を探ってみる。消耗が著しく、動揺が収まらない。まだ香料《スパイス》の影響が強く残っているのだ。

岩性樹脂《プラスメルド》でできたバルコニーの北端に立つと、〈大天守〉の高さにはおよばない政府の庁舎群が一望のもとに見わたせる。庁舎と庁舎をつなぐ屋上歩廊を行きかっているのは、おおぜいの歩行者だ。こうして見るとあの光景は、無数の扉、壁面、タイル絵をバックに歩行者の姿を浅浮き彫り《レリーフ》にした、長い長い装飾帯のようでもある。いや、あれはむしろ、タイルで描いた人々というべきか！　ポールはまばたきし、その光景を心の中で静止させ、固定した。そう、静止《フリーズ》させた装飾帯《フリーズ》として。

（月は墜ち、いまはない）

眼前に広がる帝都は、じつは自分の宇宙にとって、ひとつの奇妙なシンボルの形に変換されたものではないのか——そんな感覚をおぼえた。目に見えている建物群は、ポールのフレメンがサーダカーの数個軍団を殲滅した砂原《すなばら》に建っている。戦いで蹂躙された大地に響くのは、いまや活気にあふれるビジネス街の喧噪だ。

外縁にそってバルコニーを歩いていき、角をまわりこんだ。こんどの位置からは郊外が見わたせる。帝都の建築物はその外《はず》れで姿を消し、砂漠の岩場と吹き荒れる砂嵐に取って代わられていた。前景を占領しているのは〈アリアの大聖堂〉で、一辺が二千メートルはある壁面と、屋根から何枚も垂らされた緑と黒の垂れ布には、ムアッディブの月の紋章が描かれている。

（墜ちゆく月——）

額と目の上に手をかざす。シンボル的なメトロポリスを見るのがつらい。こんな思いに嫌気が差してくる。ほかの者がこうもうじうじしているところを見たなら、自分はきっと腹を立てるだろう。

こんな帝都など、大きらいだ！

無聊《ぶりょう》が招いた怒りは身内の奥深くでちらつき、くすぶり、避けようのない決断の数々によって、いまにも明々と燃えあがりそうになっていた。どの道程をたどらねばならないか、それはもうわかっている。これまでに何度も観てきたからだ、そうではないか？　そう、観てきたとも！　かつては……もうずいぶんむかし……自分が革新的な政治の創造者だと思ったこともある。だが、その革新は結局、旧弊な政治類型に堕してしまった。たとえていえば政治とは、塑性復原《プラスティック・メモリー》の性質を持った、融通のきかない仕掛けのようなものだ。どのような形にでも成型できるが、すこしでも気を抜けば、たちまち旧来の形に復帰してしまう。人心という、ポールの手のとどかない場所で働く力は、手綱からするりと抜けて挑戦してくる。


　郊外に広がる家々の屋根を眺めやった。数多くの屋根の下で謳歌されている、束縛とは無縁の得がたい暮らし――それはいったいどのようなものなのだろう。白っぽい赤と金の屋根のあいだでところどころに覗く若葉色の葉むら、あれは公共の緑地帯だ。緑したたるあの植栽こそは、ムアッディブとその水が施した恩恵にほかならない。果樹園や木立ちも視界内のあちこちにある。帝都にあふれる公共の緑地は、伝説のレバノンのそれにも匹敵するものだろう。

〝ムアッディブは血迷ったように水を浪費する〟とフレメンはいう。

ポールは額に両手をかざした。

（月は墜ちた）

かざした両手を降ろし、さえぎるものがなくなった目で自分のメトロポリスを見わたす。街並みは帝国の怪物じみて野蛮なオーラをまとっていた。帝都の建築物は巨大にそびえ、北部の陽光を受けてまばゆく光り輝いている。どれもこれも、なんと巨大であることか！この位置から一望できる都市の景観は、血迷った歴史だけが生みだしうる、贅《ぜい》のかぎりを尽くしたしろものばかりだ。岩石丘を模した巨大なテラス、へたな町よりも大きな広場、公園、広大な敷地を擁する屋敷、それらがあちこちにあり、砂漠を開拓した部分もある。

このうえなく高度な芸術性が、理解を絶する陰気な味気なさと同居する景観。街並みは細部が自己主張をしてはばからない。はるか太古のバクダード様式を連想させる裏門……神話に登場するダマスカス《ディマシュク》にあったという大天蓋……惑星アータルの低重力下で発達したアーチ……調和に満ちた高所と奇妙な凹所――。そのすべてが比肩するもののない壮大な規模で造られていた。

（月！　月！　月！）

人々の欲求不満が心にまとわりついてくる。集合的無意識の圧力が——ポールの宇宙を急速に覆ってゆく人類の無意識が感じられる。それは極大の大海嘯《だいかいしょう》となり、圧倒的な力でポールに襲いかかってきた。人の営みが基で荒れ狂う激烈な天変地異——無数の渦、激流、遺伝子の奔流。いかなる抑制のダムも、いかなる無気力化策や呪詛《じゅそ》も、その猛烈な勢いを押しとどめることは不可能だ。

ムアッディブの聖戦《ジハード》のごとき、この大きなうねりの前ではまばたきひとつにも満たぬ、瞬間的なできごとでしかない。この激流の中を泳ぐベネ・ゲセリットも——遺伝子の組み合わせに血道をあげるあの知識集団も——このうねりにとらわれているが、それはポールとて変わらない。墜ちゆく月の幻視は、ひとつの宇宙における他のさまざまな伝説群や、他の幻視群と比較されるべきものだ。その宇宙では、永遠に存続すると思える星々でさえ光を衰えさせ、ちらつき、死んでいく……。

そのような宇宙にあっては、たったひとつの月にどれほどの重みがあるというのか。

この巨大要塞の奥の奥、あまりにも奥深くから聞こえてくるために、ともすれば帝都の喧噪に呑みこまれてしまいそうなほどかすかな十弦楽器《ラバーブ》の音《ね》が、聖戦《ジハード》の歌を、アラキスに残してきた女を想う哀歌を奏でていた。

あの娘《こ》の腰は　風積める砂丘
瞳はきらめく　夏の陽のごと
背中に垂れる　三つ編み二本
房にぞ連なり　揺れる計水環！
手に残りしは　やわ肌の感触
琥珀《こはく》と生花の　香り匂い立つ
あの娘思えば　目蓋わななき……
この心焦がす　真白き愛の火！

歌詞を聞くだに胸がむかついた。こんな歌を好むのは、感傷に溺れる愚か者だけだ！　どうせなら、アリアが見てきた死体、砂漠に養分をもたらした死体にでも歌ってやれ！

そのとき、バルコニーの格子戸の影でだれかが動き、ポールはくるりとふりむいた。かっと照りつける太陽の下へ歩み出てきたのは、例の偶人《ゴウラ》だった。陽光を受けて金属の目をきらめかせている。

ポールは声をかけた。

「そこにいるのはダンカン・アイダホか？　それともヘイトと呼ばれる者か？」

偶人《ゴウラ》はポールの二歩手前まで近づいてきて、足をとめた。

「わが君《ム・ロード》はどちらがお好みであられましょう?」

その声にはかすかながら、用心している響きが聞きとれた。

「禅スンニ派としての意見をききたい」ポールは苦々しげに答え、思った。

(そうとも、意味の中に隠された意味をな!)

禅スンニ派の哲学者としては、いまこの瞬間、眼前で展開する現実の一片を変化させるうえで、なにがいえるだろう? なにができるだろう?

「ム・ロードにおかれては、なにかに悩まされておられるごようす」

ポールは向きを変え、はるか遠くにそそりたつ〈防嵐壁《ぼうらんへき》〉の大断崖と、風蝕で刻まれた〝迫持《せりもち》〟や〝控え壁〟を眺めやった。あれではまるで、ポールの帝都の醜悪な物真似だ。

自然が自分にジョークを仕掛けてくるとは!

(汝になにが造れるかを見よ!――そういわんばかりだな)

遠い断崖には裂け目が見える。そこから外砂漠の砂が流入してきていた。

(あそこだ! まさにあそこでおれたちはサーダカーと戦った!)

「ム・ロードはなにに悩まされておいでなのでしょう?」偶人《ゴウラ》はたずねた。

「幻視だよ」つぶやくように、ポールは答えた。

「ふうむ、なるほど。トレイラクス会にはじめて目覚めさせられたとき、わたしも幻視を見ました。不安にさいなまれ、孤独にさいなまれて……孤独であることも、ほんとうにはわかっていないありさまでした。ええ、そのときはです。しかしながら、わたしの幻視はなにも明かしてはくれませんでした。トレイラクス会の者らにいわせれば、それは人間と偶人《ゴウラ》が等しく悩まされるもの、肉体による精神への浸蝕であり、ある種の病気であって、それ以上のものではないとのことでしたが」

ポールは偶人《ゴウラ》に向きなおり、金属の目をまじまじと見つめた。梨地状の表面を持つ金属球体にはまったく表情がない。このような目がどんな幻視を見たというのか。

「ダンカン……ダンカン……」ポールはつぶやいた。

「わたしはヘイトと呼ばれる者です」

「月が墜ちる幻視を見たんだ」ポールはいった。「月は消えた。壊れて消えてしまった。大量の水が蒸発するすさまじい音がして、大地が鳴動した」

「それは、時間の〝摂取〟が多すぎたのでは？」

「禅スンニ派の意見を求めたのに、返ってきたのは演算能力者《メンタート》の答えか！　いいだろう！論理思考でわが幻視を読み解いてみるがいい、演算能力者《メンタート》。分析し、たんなることばへと分解せしめ、いつでも埋葬できるようにしてみせろ」

「埋葬とはまた、言いえて妙な。いまのお話を解釈するなら、当初、ム・ロードは死から逃げておられた。しかし、つぎの瞬間には覚悟を固められ、いまここで、この時に生きることを拒否なさった——そのように読み解けます。夢占いのようなものですね。皇帝たる方にとって、なかなかたのもしい支えもあったもので」

ポールはふと、偶人《ゴウラ》のあごにむかし懐かしいほくろを見いだし、心の中で相好を崩した。

「そのような未来に生きようとなさる以上は——」偶人《ゴウラ》は語をついだ。「——そのような未来に実体を与えるおつもりですか？　その未来を現実になさりたい？」

「わが幻視の未来に観えた道程を進むのであれば、わたしはその未来でこそ生きることになるな」ポールはつぶやくようにいった。「どうしてわたしがそんな未来に生きたがると思うんだ？」

偶人《ゴウラ》は肩をすくめた。

「実質のある答えをお求めになったのはム・ロードですよ」

「事象によって構成された宇宙において、実質とはいったいどこにある？　最終的回答というものは存在するのだろうか？　ひとつ解決策を出せば、そのつど新たな疑問が生まれいずるのではないか？」

「ム・ロードはあまりにも多くの時を〝消化〟してこられたがために、不死性への妄想をいだいておられるのです。ム・ロードほどの方の帝国でさえ、繁栄を迎えたのちは滅びる定め」

「煤煙にまみれた祭壇、手垢だらけの言説には、もうあきあきだ」ポールはうなるような声で切り返した。「神々と救世主たちの悲しい歴史など腐るほど聞いてきた。そういった先達たちのごとく、自分自身の破滅を予言する特別な力を、なにゆえにわたしが持たねばならない？　わが厨房でいちばん格下の見習いでさえ、いまおまえがいったようなことはいえるぞ？」

そこでポールはことばを切り、かぶりをふって語をついだ。

「月がな、墜ちたんだ！」

「ですが、ム・ロードはお心を始原の状態に戻してはおられません」

「それがわたしを破滅させるための手段か？」ポールは語気を強めた。「わたしが考えを整理するのを妨げること、それがその手段か？」

「混沌を整理することなどできましょうか」偶人《ゴウラ》は問い返した。「われわれ禅スンニ派の金言にいわく、〝心は整理すべからず、心気《しんき》奮いたたさば則《すなわ》ち成果あがるべし〟。自身の心気を奮いたたせることができなければ成果はあげられないでしょう」

「幻視ばかりかおまえまでもが、たわごとでわたしを悩ませる！」ポールは声を荒らげた。

「予知について、おまえがなにを知っているというのだ」

「巫覡《ふげき》が啓示を下す場面は見たことがあります。個々の運命のために徴候や吉凶の前兆を求める者もいました。そういうやからは、じつは自分が求めるものを恐れているのです」

「墜ちゆく月の幻視は紛《まが》いものではない」ポールはつぶやき、わななくように息を吸った。

「あれは動く。動いている」

「人はつねに、勝手に動く対象を恐れるもの。ム・ロードはご自身の力を恐れておられる。いずこからともなく頭に墜ちてくるものを恐れておられる。墜ちてきたものは、いったいどこへいくのです？」

「おまえには慰められるよ、ことばの棘《とげ》でな」ポールはうなるように応じた。

そのとき、偶人《ゴウラ》の顔に変化が——内なる啓示が閃いたかのような変化が兆して、一瞬、ヘイトは純然たるダンカン・アイダホと化した。

「自分に可能な形でお慰めするのは、わたしの務めにほかなりません」

ポールはいぶかしんだ。いま見せた一瞬の変化はなんだったのか？　あるじのことばに、つかのま悲しみをいだき、即座に自身の精神がそれを否定したのか？　それともヘイトはみずからも瞬間的な幻視を目《ま》のあたりにし、それを抑えこんだのか？

「わが月には名前があるんだ」ポールはささやくようにいった。

そして、心中にその幻視を再現させた。ポールという存在のすべてが悲鳴をあげていた。だが、物理的な音はいっさい外部に出ることがない。口をきくのが怖かった。自分の声が自分を裏切りそうで怖かった。この恐るべき未来の空気がひどく重苦しく感じられるのはチェイニーがいないからだ。エクスタシーに叫ぶあの肉体、肉欲でポールを焦がれさせたあの双眸《そうぼう》、微妙な音声制御のトリックとはいっさい無縁の、それゆえにポールをとりこにしたあの声——すべてはもはや存在しない。水と砂の彼方に還《かえ》ってしまった。

ゆっくりと向きを変え、いまこの時を、この現在を——そして〈アリアの大聖堂〉前の広場を眺めやった。禿頭《とくとう》の巡礼が三人、参道から広場に現われた。汚れた黄色いローブをまとう三人が前のめりになって急いでいるのは、午後の風を正面から受けているためだ。ひとりは左脚を引きずって歩いている。向かい風の中、しゃにむに進む三人は、ほどなく角をまわりこみ、ポールの位置から見えなくなった。

あの月が消えたように、視界から消えてしまったのだ。

それでも、幻視はなおも目の前に横たわっている。その畏るべき目的はいっさい選択の余地を与えない。

(肉体は、最後には降参する)とポールは思った。(永遠はみずからの失地を取りもどす。われわれの肉体は永遠という水をほんの一瞬だけ掻き乱し、生への執着と自己愛のもと、それなりに陶酔して舞い踊り、多少の奇妙な観念と闘ったのち、〈時〉の持つさまざまな道具に屈伏する。それについて、われわれになにがいえるだろう。われ在れり？　いや、過去形にするにはまだ早い。それでも……われ在れり、というほかないのだろう）

本書は一九七三年八月にハヤカワ文庫ＳＦから刊行された〈デューン〉『砂漠の救世主』の新訳版の二分冊のうちの上巻です。

訳者略歴　1956年生，1980年早稲田大学政治経済学部卒，英米文学翻訳家　訳書『宇宙（そら）へ』『火星へ』コワル，『書架の探偵』ウルフ，『七王国の騎士』マーティン，『デューン 砂の惑星〔新訳版〕』ハーバート（以上早川書房刊）他多数

HM=Hayakawa Mystery
SF=Science Fiction
JA=Japanese Author
NV=Novel
NF=Nonfiction
FT=Fantasy

デューン 砂漠《さばく》の救世主《きゆうせいしゆ》
〔新訳版〕
〔上〕

〈SF2404〉

二〇二三年四月　十　日　印刷
二〇二三年四月十五日　発行
（定価はカバーに表示してあります）

著　者　フランク・ハーバート
訳　者　酒《さか》井《い》昭《あき》伸《のぶ》
発行者　早川　浩
発行所　株式会社　早川書房
郵便番号　一〇一 - 〇〇四六
東京都千代田区神田多町二ノ二
電話　〇三 - 三二五二 - 三一一一
振替　〇〇一六〇 - 三 - 四七七九九
https://www.hayakawa-online.co.jp

乱丁・落丁本は小社制作部宛お送り下さい。
送料小社負担にてお取りかえいたします。

印刷・精文堂印刷株式会社　製本・株式会社明光社
Printed and bound in Japan
ISBN978-4-15-012404-5 C0197

本書は活字が大きく読みやすい〈トールサイズ〉です。